AF344973

Il Puzzle
di Proietti Valter

Proprietà letteraria riservata. Ogni riproduzione parziale o intera dell'opera è vietata, salvo espressa autorizzazione dell'editore.

2022 © Chance Edizioni
marchio editoriale dell'Associazione Culturale
La Chanceria
www.lachanceria.com/chanceedizioni

Illustrazione di copertina: Pixabay
Grafica di copertina: Lucia Soscia

Il Puzzle

di Proietti Valter

Voglio dedicare questo libro a mio figlio Danilo,
ricordandogli di guardare sempre oltre
e non smettere mai di sognare.

"Quando avevo cinque anni, mia madre mi ripeteva
sempre che la felicità è la chiave della vita.
Quando andai a scuola mi domandarono come volessi
essere da grande.
Io scrissi: felice. Mi dissero che non avevo capito il
compito, e io dissi loro che non avevano capito la vita".
John Lennon

Prefazione dell'editore

Non sono mai stato un grande lettore delle Prefazioni o Introduzioni ai libri che andavo a leggere, non ne comprendevo bene l'importanza che possono avere all'interno di un'opera.

Questo almeno fino a quando non ho lavorato alla creazione e alla pubblicazione di quello che un tempo era "soltanto" un manoscritto e prima ancora un'idea, una fiammella, accesa da necessità, passione o chissà da quale altra miccia.

Ora comprendo quanto possa arricchire tutto il lavoro che c'è dietro alle pagine di un romanzo, quanto questo piccolo spazio possa essere sincero e intimo.

Qui si possono fare riflessioni, da condividere con il lettore che non si possono fare altrove, a meno che tra autore e lettore non ci sia un rapporto di amicizia e ci sia possibilità di confidenze reciproche.

Quindi avendo la possibilità, e l'onore, di scrivere una piccola riflessione personale, introduttiva al romanzo di Valter, voglio parlare al lettore come ad un confidente, e dire delle cose, dell'autore e del suo romanzo che non direi in altre occasioni.

Valter è un artista, non di professione, ma nella vita quotidiana, lo è perché affronta le cose con creatività, si lascia trasportare da sentimenti e intuizioni e vive con passione tutto ciò che gli accade, sia i doni auspicabili che le prove più difficile.

È un artista perché ha bisogno di esprimersi, e lo fa tramite la pittura, la recitazione e la scrittura.

Dipinge quadri, è attore e scrive per il teatro, scrive sonetti (ricordo la sua precedente pubblicazione con la nostra casa editrice "Né sonetti né poesie ma solo favolette mie") ed ora si è messo in gioco e ha scritto un romanzo.

Valter è una persona con cui si ha piacere a creare qualcosa insieme, con cui condividere percorsi, e noi prima ancora delle sue opere abbiamo scelto la persona, e con lui vogliamo crescere come realtà editoriale e aiutarlo ad esprimere la sua parte artistica legata alla scrittura in maniera sempre più efficace.

Perché vi dico questo?

Perché c'è una storia bellissima e intensa nelle pagine che seguiranno, una storia sincera, sentita, di vita vera, non importa quanto sia inventata ma è una storia che può appartenere ad ognuno di noi, a qualcuno che conosciamo, può essere uno scorcio di qualche vita che abbiamo incrociato.

Ma non c'è solo questo, perché ogni storia raccontata non è altro che un incrocio di storie vissute, di esperienze reali, di desideri, sofferenze, speranze, promesse, vittorie, delusioni.

E più sono sentite nel profondo quelle raccontate più hanno lasciato un segno tutte le altre.

E Valter in questo suo romanzo condensa tutto questo, e lo fa con semplicità e amore, e lo dona a chi sa accogliere questo suo dare.

Se hai tra le mani questo libro e stai scorrendo questa prefazione hai già deciso di leggerlo, non devo invogliarti o convincerti con queste mie parole, possiamo parlare in confidenza, come abbiamo detto poco fa, e allora mi permetto di dirti di accogliere Il

Puzzle come l'insieme di tutto questo di cui ti ho parlato, prendilo, tienilo con te, leggi tra le righe, pensa a cosa può esserci dietro al racconto, metti insieme i pezzi, e il puzzle si comporrà, e se avrai questa sensibilità, la stessa che ha messo l'autore nello scrivere, allora l'immagine finale sarà molto più profonda ed estesa di quanto avessi immaginato prima di aprire il libro.

Andrea Stella

Introduzione

Un proverbio dice: "non tutti i mali vengono per nuocere", che è una delle frasi all'interno del libro. Forse nel mio caso posso dire che è stato così. Pochi mesi prima che scoppiasse nel mondo la pandemia, avevo iniziato ad assaporare la libertà ritrovata sopprimendo metaforicamente il tempo scandito dall'orologio. Finalmente ero in pensione dopo anni passati a lavorare. Avevo tutto il tempo libero che volevo per portare avanti le mie passioni: scrivere sonetti a verso libero in vernacolo romanesco e storielle. Dedicarmi al teatro, scrivendo i testi e portando in scena le opere, la pittura e il trekking, con lunghe camminate in solitario tra i monti Simbruini e non solo, ma tutto questo è durato poco a causa dell'inizio della pandemia e delle restrizioni imposte dalla politica. Così da un giorno all'altro mi sono ritrovato chiuso in casa e privato della mia libertà. Dovevo trovare il modo di non deprimermi, di reagire a questa situazione, e un giorno è scattata la scintilla. In un' epoca dove nella rete c'è di tutto: dai tuttologi agli influencer che riescono a fare marketing a loro vantaggio, da una TV spazzatura priva di contenuti alla quale non dedico il mio tempo libero, da grandi e piccoli fratelli, ecc. ecc.

Una mattina, mentre riordinavo nel PC i miei scritti, mi sono detto: voglio pubblicare un libro. Ma sì, buttiamoci in questo calderone di mediocrità collettiva: uno in più non può fare più danni di quelli che già ci sono, forse il danno maggiore lo posso arrecare solo ai poveri alberi che mi danno la carta per la stampa. Il materiale accumulato negli anni non mi mancava, e così mi sono reinventato *scrittorucolo* (preferisco non mettere scrittore per non usurpare il titolo ai dotti). A settembre del 2020 ho pubblicato un libro dal titolo: "Né sonetti e né poesie ma solo favolette mie", una raccolta di 65 testi scelti con l'editore tra le tante poesie e favolette che sino ad allora avevo scritto. Ma nella mia mente balenava l'idea di scrivere un libro "vero". Così a luglio 2021 ho iniziato a elaborare e scrivere questa storia dal titolo: "Il Puzzle". Piano piano, giorno dopo giorno, pagina dopo pagina, alla fine dalla mia fantasia ho partorito questo romanzo. Una storia di amicizia ambientata nella periferia proletaria romana tra la fine degli anni '50 e metà anni '60, nata a scuola tra due ragazzi, Otello e Salvatore, che finirà con la partenza di Otello e della sua famiglia per l'America. I due si terranno in contatto epistolare ma, dopo pochi mesi dalla sua partenza, si interromperà improvvisamente e lascerà Otello senza una risposta per più di cinquant'anni. E poi l'amore adolescenziale tra Otello e Patrizia, che alla fine si rivelerà essere il grande amore della loro vita; anche questo si interromperà bruscamente nel momento in cui partirà Otello, lasciando i due giovani nello sconforto più assoluto. I due fidanzatini si erano ripromessi di tenersi in contatto scrivendosi, ma Otello non ebbe mai una risposta alle tante lettere che inviò a Patrizia. Di lei, come del suo amico, non seppe più nulla e questo lo tormentò profondamente durante tutta la sua vita negli Stati Uniti. Poi un giorno, a casa sua nel Jersey, Otello venne a sapere il motivo del silenzio del suo amico Salvatore e dopo più di mezzo secolo decise di rientrare in Italia. Il rientro in Italia è volutamente ambientato ad agosto 2019, quando la libertà e la vita delle persone non erano ancora condizionate dal virus del Covid. Otello visitando il suo vecchio quartiere rivivrà nei pochi giorni che rimarrà a Roma tante situazioni, emozioni e avventure che ebbe insieme al suo amico e alla sua amata Patrizia. Come terminerà la sua visita a Roma lo scoprirete leggendo il romanzo.

Valter Proietti
Roma 06.01.2022

Capitolo I

Ritorno a Roma

Il treno Frecciarossa delle ore 9,10 in arrivo da Milano Centrale entrava puntuale nella stazione Termini in una calda mattina di fine agosto. A Roma l'afa rendeva difficoltosa la respirazione per l'elevata umidità. Aperte le porte dei vagoni, iniziarono a scendere dal treno i passeggeri: sembravano tanti soldatini che avevano ricevuto l'ordine di rompere le righe. Tra quella folla di persone che sulla banchina si tirano dietro i loro trolley verso l'uscita della stazione c'è Otello, un uomo sulla settantina: alto, capello brizzolato, barba ben curata, un fisico atletico da far invidia a molti giovani; indossa un paio di jeans e una camicia assai colorata. Con sé ha solo due bagagli: uno zaino sulle spalle e una borsa da viaggio; è ritornato a Roma, sua città natale, dopo più di cinquant'anni di assenza. Il giorno prima era partito dall'aeroporto John F. Kennedy di New York con il primo volo che aveva trovato disponibile per l'Italia: tanta era l'urgenza di partire che, pur di non aspettare il giorno dopo e prendere il volo diretto per Roma, aveva preso quello che faceva scalo a Milano. In America viveva da solo in una delle tante villette a schiera di Jersey City. Da qualche anno era andato in pensione dopo un lungo servizio nei pompieri di New York. Fare il pompiere era il suo sogno sin da bambino, amava quel lavoro, e in America aveva potuto realizzare il proprio desiderio. Lui era uno dei tanti vigili del fuoco eroi che avevano vissuto il brutto momento dell'undici settembre; in quella sciagura molti suoi colleghi persero la vita, anche lui rischiò di morire per le complicanze delle polveri che respirò durante il crollo delle Torri Gemelle, e ogni sei mesi deve tutt'ora sottoporsi a dei controlli medici. Otello è stato sempre uno spirito libero, ama viaggiare in moto a bordo della sua Guzzi California degli anni 80 e dopo la pensione ha iniziato a girare l'America in lungo e largo.

Non si è mai sposato, la sua vita sentimentale è stata ricca di avventure con bellissime donne, non ha mai voluto avere storie durature; anche se da ragazzo in Italia aveva trovato il vero amore, ha preferito vivere la sua vita a modo suo: da scapolo. Mettere su famiglia sarebbe stata per lui una limitazione alla propria libertà, aveva paura di condizionare la vita di eventuali figli con le sue scelte di genitore. Questo modo di ragionare era la conseguenza della partenza improvvisa avvenuta dall'Italia molti anni prima, quando da ragazzo fu costretto a lasciare Roma per l'America; fu un trauma che lasciò il segno nella sua vita. A quei tempi, a Roma, Otello e i suoi familiari alloggiavano in affitto in un modesto appartamento interno a una vecchia palazzina di periferia, a ridosso di quella che una volta era la campagna, distante poche decine di metri dall' acquedotto romano.

Le arcate di quei vecchi ruderi, costruiti secoli prima per portare acqua alla popolazione della città eterna, erano diventati per tanti emigranti luoghi dove costruire dei piccoli alloggi per le loro famiglie. Lui era stato più fortunato, viveva in una casa composta da una camera e cucina e un piccolo bagno; a volte in casa non arrivava l'acqua e i cassoni rimanevano vuoti, allora la mamma si recava alla fontanella a riempire dei contenitori. Le strade di quella parte di periferia non erano asfaltate, ma di terra battuta. Quando pioveva, il fango faceva da padrone. Durante l'inverno, a causa della pioggia, per andare a scuola dovevano indossare le calosce e camminare per mezzo chilometro tra quella melma, mentre in estate la polvere che il vento estivo alzava s'intrufolava dappertutto in quella modesta casa che si trovava al piano terra della palazzina. Quando arrivava la sera, le sorelle dormivano su una vecchia rete messa dappiedi al letto dei genitori, mentre lui dormiva su una brandina lungo il piccolo ingresso dell'appartamento. Otello da bambino, come si dice a Roma, era uno "*svejo*": la vita in periferia lo forgiava ad affrontare meglio le difficoltà della vita. A cinque anni giocava con quelli di dieci, gli piaceva frequentare i ragazzi più grandi e prendere parte alle loro scorribande: non si tirava indietro se c'era da discutere. Suo padre si chiamava Alvaro, era alto sul metro e settantacinque, capelli neri e di carnagione chiara, era originario di un paese della Ciociaria; lì era cresciuto fino alla chiamata alle armi, aiutando il padre muratore nei lavori edili e nei campi. Fu arruolato nel genio militare e inviato in Africa Settentrionale, dove venne fatto prigioniero dagli inglesi e inviato in un campo di concentramento in Inghilterra. La sua detenzione fu meno dura rispetto ad altri prigionieri, essendo contadino lo inviarono presso le farm a lavorare per sostituire le maestranze locali. In quel periodo bellico la maggior parte degli uomini inglesi erano tutti impegnati sul fronte. Aveva una certa libertà di movimento e, oltre a lavorare nei campi, ebbe più di qualche avventura amorosa con le donne che erano nelle fattorie. Dovette aspettare il 1946 per rientrare in Italia. Durante gli anni di prigionia aveva messo da parte un bel gruzzoletto di sterline vinte al gioco delle carte ai militari inglesi che vigilavano i campi, ma non poté portarle tutte in Italia. Alcuni giorni prima della partenza andò a salutare una conoscente in una farm dove aveva lavorato, con l'occasione nascose in un angolo del terreno una parte di quel tesoretto in un barattolo di vetro con la speranza di ritornare in Inghilterra per riprenderle, mentre quelle d'oro le cucì all'interno dei pantaloni, dove passa la cinta. Il giorno dell'imbarco al molo le guardie gli chiesero se aveva sterline: rispose che ne aveva otto. Ne poté portare con sé solo tre e le altre cinque le lasciò ai doganieri che lo fecero salire sulla nave; era amareggiato, ma nei pantaloni ne aveva occultate quindici d'oro, che una volta rientrato in Italia gli permisero di campare agiatamente per un certo periodo, prima di iniziare a lavorare nell'edilizia.

Era un uomo di poche parole: casa e lavoro, aveva avuto un' educazione contadina e patriarcale, basata sul rispetto dei valori tradizionali della famiglia. Non dava mai a vedere ai figli il bene che gli voleva, ma in cuor suo li amava tanto. Ogni mattina, prima di recarsi a lavoro mentre 'le creature', come le chiamava lui, ancora dormivano, baciava i suoi figli delicatamente sulla fronte cercando di non svegliarli: era orgoglioso delle sue bambine e di suo figlio. Un giorno, a metà degli anni sessanta, arrivò dall'America una lettera di un suo parente che una decina di anni prima vi si era trasferito e aveva fatto fortuna nelle costruzioni, nella quale c'era scritto che gli offriva un lavoro in New Jersey come capo cantiere, e una casa per lui e la sua famiglia. In quel periodo in Italia c'era ancora il boom economico, si costruiva dappertutto: sia edilizia residenziale, con relativi permessi comunali, che abusivamente, specialmente nelle campagne delle periferie romane, dove nascevano quartieri ovunque. Il lavoro ad Alvaro non mancava anzi, molti sabati e anche qualche domenica andava a lavorare presso le case di privati.

Il denaro che guadagnava in quei fine settimana lo metteva da parte su un libretto postale: aveva deciso di acquistare del terreno e costruire anche lui una casa abusiva per la sua famiglia, ormai non poteva più vivere in quel piccolo appartamento.

Quell'offerta inaspettata di recarsi a lavorare in America lo rese felice. Per la lingua non aveva problemi, parlava benissimo l'inglese: l'aveva imparato durante la prigionia ma, prima di dare una risposta a suo cugino, parlò con la moglie dell'offerta di lavoro che gli era pervenuta con la lettera. La mamma di Otello si chiamava Angela, era una bella donna di Anticoli Corrado: un piccolo paesino laziale che aveva dato i natali a bellissime modelle ritratte da tantissimi pittori tra la fine dell'ottocento e primi del novecento. Pur avendo avuto tre figli era ancora una donna attraente, con quella capigliatura mora e occhi scuri tipici di quelle zone, dove secoli prima si erano insediati i Saraceni. I due valutarono bene i pro e i contro dell'offerta di lavoro, alla fine decisero che la cosa migliore da fare era trasferirsi tutti in America: offrire una vita migliore ai figli era la priorità principale, per loro. Oltre a Otello, che era il più grande, c'erano le due sorelle: Maria, di undici anni, e Gloria di otto. I genitori parlarono con i figli della decisione che avevano preso: per Otello fu come un pugno nello stomaco; sin dal primo momento non accettò mai quella decisione di partire e allontanarsi per sempre dai suoi luoghi d'infanzia, dall'amico Salvatore e dalla sua fidanzatina Patrizia. Doveva imparare una nuova lingua, inserirsi in una nuova società e, cosa più importante, partire da Roma. Le sorelline invece erano entusiaste della decisione presa dai genitori e non vedevano l'ora di trasferirsi in America. Il padre non si fece influenzare dalle rimostranze del figlio, ormai aveva deciso e si attivò per fare le pratiche per espatriare: una nuova vita attendeva la sua famiglia in New Jersey, dall'altra parte dell'oceano.

Ottenuti dalla questura i passaporti e i visti dall'ambasciata Americana suo padre informò il parente telefonicamente, il quale gli prenotò il viaggio in aereo di sola andata per tutta la famiglia con la Pan American Airlines per la fine di agosto. Pochi giorni prima della partenza, i genitori vendettero quelle poche cose che avevano per racimolare altro denaro da aggiungere ai risparmi che il papà aveva messo da parte sul libretto postale. Otello, sino a pochi giorni prima della partenza, cercò in tutti i modi di osteggiare il trasferimento; ma la sua fu una battaglia persa. Alla fine dopo tante peripezie si arrese e, a malincuore, il 31 agosto del 1965 partì per il New Jersey.

Ora, dopo tanto tempo, era nuovamente nella città dove era nato e vissuto fino all'età di quindici anni. S'incamminò verso l'uscita, ma prima si fermò presso un bar all'interno della stazione e acquistò una bottiglia di acqua; aveva un nodo alla gola: forse provocato dall'emozione che stava vivendo in quel momento o forse dal caldo. Ne sorseggiò un po', richiuse il tappo e posò la bottiglietta nello zaino. Con calma uscì dalla stazione Termini. Quando si trovò davanti Piazza dei Cinquecento si commosse come un bambino che riceve i doni la sera di Natale.

Restò immobile e iniziò a guardarsi intorno, finalmente era nella sua amata Roma dove era nato molti anni prima: fece un respiro profondo e dagli occhi gli uscirono delle lacrime di gioia. Passata l'emozione del momento rimase stordito dal frastuono di clacson e il vociare delle persone che gli passavano vicino, posò a terra la borsa che aveva in una mano, prese un fazzolettino di carta da una tasca dei pantaloni e si asciugò il viso. Gli bastò

poco per capire che quella non era più la città sorniona della sua infanzia, del "*volemose bene*", dove i più anziani quando si dovevano recare in centro dicevano: "vado a Roma!", come se la periferia fosse un altro paese. Un traffico caotico era davanti ai suoi occhi. Persone di tutte le nazionalità che camminavano attorno a lui, ognuna con i propri pensieri, una miriade di formiche dall'aspetto umano, si muovevano come automi tra i marciapiedi e le auto, quasi tutti con le cuffiette o intenti a parlare al cellulare; questo turbinio di persone non era una cosa nuova per lui che veniva dal New Jersey; si recò in direzione del parcheggio dei taxi e salì sul primo disponibile. Una volta seduto il tassista, un uomo poco più che cinquantenne, gli domandò: "Dove la devo portare?"
Otello prese un foglietto dalla borsa e mentre lo leggeva rispose: "Devo recarmi al Cimitero di Prima Porta, è distante?"
"Diciamo una ventina di chilometri. Se non troviamo ingorghi, saremo là tra trenta minuti", fece il tassista.
"Bene, allora possiamo andare".
Durante il viaggio Otello vedeva attraverso il finestrino la nuova città cresciuta su quella che una volta era la campagna della periferia romana; era silenzioso e meravigliato nel vedere quegli enormi palazzoni che s'innalzavano verso il cielo. Il taxi si fermò a un semaforo e il tassista, che sino a quel momento del viaggio non aveva scambiato parola con Otello ma lo aveva osservato attentamente dallo specchietto, approfittò della sosta e gli chiese: "Mi scusi, ma noi due ci conosciamo?"
"No, non credo".
"Per un momento ho pensato di conoscerla... forse mi sbaglio con qualche altra persona, mi scusi".

"Non si preoccupi, cose che succedono. È la prima volta
che prendo un taxi in Italia, sono giunto ieri dagli Stati
Uniti".
"È americano?"
"No, sono romano... cioè, italiano. Sono nato a Roma nel
1950... Da metà degli anni sessanta vivo in America. Oggi
sono ritornato a Roma per la prima volta da quando
sono partito".
"A sentirla parlare non si direbbe: pensavo fosse americano".
L'impostazione romana e italiana nel parlare di Otello
non si sentiva più: era simile a un americano che prova a
parlare italiano.
"In America ho tanti amici della comunità italoamerica-
na e frequentandoli ho preso la loro intonazione".
"Certo, per un romano vivere lontano da questa magnifica città non credo sia facile. Non penso riuscirei a stac-
carmi da Roma, sarebbe come uccidermi: sono nato qui
e cercherò di morire qui".
"La capisco, sapesse quanto ho sofferto in tutti questi
anni per la lontananza da questa meravigliosa città".
"È tornato per restare o per un viaggio di piacere?"
"Non ho ancora deciso, devo fare dei giri, poi vedrò il da
farsi".
Il viaggio non fu breve. Quando il taxi si fermò davanti
all'entrata del cimitero erano trascorsi quaranta minuti.
"Siamo arrivati. Vuole che la lasci qui all'entrata o che
l'accompagni all'interno?", domandò il tassista.
"Devo recarmi all'ossario", rispose Otello.
"Allora devo accompagnarla, questo cimitero è una città:
a piedi è una bella camminata, con il caldo che fa e i bagagli non è proprio il caso che si avventuri su questi via-
loni fino all'ossario".

"Ha ragione, fa molto caldo: facciamo come dice lei, mi porti con il taxi fin là".
Il tassista ripartì ed entrò all'interno del cimitero. Dopo alcuni minuti di viaggio tra viali alberati di cipressi e campi pieni di tombe, giunto davanti all'imponente palazzina di cemento dell'ossario, il taxi si fermò.
"Signore, siamo arrivati" disse il tassista al suo passeggero, indicando la struttura di cemento alla destra del taxi.
"Bene, quanto le devo per il viaggio?"
L'uomo guardò il tassametro e stampò la ricevuta: "Sono quaranta euro".
Otello prese dal portafoglio una banconota da cinquanta e gliela passò, "Ecco qua, tenga anche il resto"; il tassista rimase sorpreso della mancia ricevuta e rispose "La ringrazio. Senta, vuole che aspetti qui fuori per riportarla a Roma?"
"No, grazie. Non credo che resterò pochi minuti... è una visita che dovevo fare da tanto tempo".
"Come vuole lei... comunque le lascio il mio biglietto con il numero di cellulare; quando lei ha finito con la sua visita mi chiami e io la verrò a prendere qua, davanti all'ossario".
"Se per lei non è un problema per me va bene, anche perché dovrò cercare un albergo per passare la notte: lei ne conosce qualcuno?"
"Non si preoccupi per l'albergo, lei mi dica in quale zona di Roma vorrà pernottare e al resto ci penso io".
"Perfetto, un pensiero in meno per me. Allora ci sentiamo più tardi!"
"Tenga presente che il cimitero chiude alle diciannove; mi chiami verso le diciotto, così ho tutto il tempo di arrivare prima della chiusura".
"Ha fatto bene a darmi questa informazione, grazie per la sua disponibilità".

Otello mise il biglietto da visita nel portafogli: aprì lo sportello, prese i suoi bagagli e scese dal taxi.

I due si salutarono e il tassista ripartì verso l'uscita del cimitero. Intorno a lui non c'era nessuno, solo campi pieni di croci di defunti; si sentiva solo il cinguettio degli uccelli e il calore del sole estivo che risaliva dall'asfalto sotto i suoi piedi. Si fermò, posò per terra i bagagli e tirò fuori nuovamente il foglietto con gli appunti; gli dette una breve occhiata, riprese le sue cose e si avviò verso quel tetro edificio in cemento che si stagliava di fronte a lui.

Con calma iniziò a salire le scale dell'edificio fino al secondo piano; in cuor suo c'era un senso di tristezza e di gioia: tra poco avrebbe ritrovato il suo amico, purtroppo non come avrebbe voluto, dentro una nicchia. Una volta dentro l'ossario, notò che la luce era scarsa; per vedere meglio prese il cellulare e all'improvviso si vide volare davanti al viso due piccioni che per un momento lo spaventarono: sicuramente vivevano in quella struttura piena di piccole nicchie e fiochi lumicini che illuminavano le foto dei defunti; accese la luce del telefonino e iniziò a cercare tra i loculi il numero che gli occorreva.

Dopo circa cinque minuti si fermò davanti a una nicchia. Era emozionato, la foto della piccola lapide era piena di polvere, si vedeva che era passato parecchio tempo dall'ultima volta che i parenti avevano fatto visita ai resti di Salvatore.

Posò i bagagli, prese la bottiglia dell'acqua e ne versò un po' su un fazzolettino di carta; iniziò a pulire il vetro che conteneva la foto; a mano a mano che l'immagine si faceva più nitida, cominciò a riconoscere il volto del suo amico d'infanzia. Le mani gli tremavano per l'emozione, si fece il segno della croce, poi si baciò le dita della

mano e le mise sopra quella piccola foto in segno di rispetto.
Rimase in preghiera per alcuni minuti. L'emozione era
tanta e si mise a piangere; erano lacrime miste a gioia e
tristezza. Dopo tanto tempo ritrovare il suo migliore
amico in un cimitero: lo aveva cercato in tutti questi
anni senza sapere che fine avesse fatto, fino a quando
non ne aveva avuta notizia qualche giorno prima, a casa
sua.

Capitolo II

La ragazza di Roma

Una decina di giorni prima che partisse per l'Italia, a Jersey City gli capitò uno di quegli eventi inspiegabili per noi esseri umani, che invece di dare delle risposte certe lasciano tanti interrogativi.

Dopo più di cinquant'anni, venne a sapere il motivo dell'improvvisa interruzione della corrispondenza con Salvatore. Otello frequentava da molti anni un ristorante italiano sulla Newark Avenue a Jersey city, il padrone si chiamava Robert, era nato in America, ma i genitori erano italiani. Tra loro c'era una sana amicizia che durava da molti anni, entrambi avevano la passione per le moto.

Si erano conosciuti tanti anni prima a un motoraduno. Otello è uno di famiglia, il padrino di battesimo di Sonny, il figlio di Robert. Per lui Sonny è come un figlio, gli vuole bene e il ragazzo ne vuole altrettanto a lui. Una sera Otello era passato al ristorante per cenare e si era seduto al tavolo che abitualmente occupava. Sonny era uscito dalla cucina per portare una pietanza al tavolo di un cliente, aveva visto Otello e era andato a salutarlo; si era seduto al suo tavolo e gli aveva detto: "Compare bello!"

Sonny quando si rivolge a Otello lo chiama sempre 'compare', per rimarcare l' amicizia.

"Devo dirti una cosa importante, molto importante".

"Dimmi, di che si tratta, Sonny?" domandò Otello.

"Tre settimane fa, durante una festa ho conosciuto una ragazza italiana bellissima, si chiama Maria".

"Bravo Sonny, sono contento per te! Ricordati che le donne italiane sono bellissime!"

"Lo so compare, ma la cosa sorprendente è che viene da Roma".

"Ma dai, tra tante persone che vengono in America, sei riuscito a conoscere proprio una ragazza di Roma".

"Già... quando l'ho saputo ho pensato subito a te, è ospite di una sua parente qua a Jersey City, mi ha detto che resterà per un paio di mesi in America per perfezionare la conoscenza della lingua: meno male che lei parla inglese, io con l'italiano sono proprio un disastro".

"Interessante... da come ne parli sembra che ti piaccia".

"Tantissimo compare, è veramente bella".

"E allora Sonny non te la fare scappare, quando la ritrovi un'altra bellezza italiana, addirittura romana, in America?"

"Hai ragione, ne sono cotto, anzi: arrostito!"

I due si misero a ridere, poi Sonny disse:

"Senti compare, pensavo di fartela conoscere una di queste sere, sempre che ti faccia piacere".

"Certo che mi fa piacere, più che piacere, mi faresti proprio contento".

"Anche lei vorrebbe conoscerti, gli ho parlato spesso di te ed è interessata a incontrarti".

"Sonny, la sera sai dove trovarmi: o qui o a casa mia".

"Ok compare, allora ne parlo a Maria e una di queste sere ci vediamo... ora ti lascio che tra mezz'ora mi devo incontrare con lei. Ciao, a presto".

"Ciao Sonny".

Una settimana dopo l'incontro con Sonny al ristorante, una sera Otello era a casa sua seduto sul divano in salotto, intento a sorseggiare una birra fresca mentre alla tv trasmettevano una partita di basket del campionato americano; non pensava più alla promessa di Sonny di fargli conoscere la ragazza romana, quando all'improvviso sentì suonare alla porta. Guardò l'orologio come per dire: chi sarà mai a quest'ora? Si alzo e andò ad aprire la porta di casa: davanti a sé c'era Sonny con una bella figura femminile: capì subito che si trattava della ragazza di Roma che Sonny gli aveva promesso di fargli conoscere e disse:

"Ciao Sonny, come mai questa visita?"

"Ciao compare, ogni promessa è un debito, possiamo entrare?"

"Certamente" rispose Otello.

I due entrarono e rimasero in piedi mentre Otello si dava da fare per liberare il divano dalle riviste che vi erano sopra, poi disse: "Allora, Sonny, mi presenti la tua amica?"

"Lei è Maria, la ragazza di Roma di cui ti avevo parlato. Lui è Otello, il mio compare di battesimo. Per me è un secondo padre".

"Piacere di conoscerla, signorina".

"Il piacere è tutto mio, finalmente la conosco! Sonny mi ha tanto parlato di lei in questi giorni, ero curiosa di vederla di persona, signor Otello".

"E a me della sua bellezza, signorina. E ora che è qui davanti, capisco perché Sonny si è innamorato di lei... Prego, accomodatevi: vi posso offrire una birra fresca?"

"Sì!" risposero i due.

Otello si recò in cucina e poco dopo tornò con due birre gelate, le passò ai due ragazzi che si erano accomodati in salotto e iniziò a parlare con Maria:

"Allora signorina, lei è venuta in America per studio?"

"Sì, ma prima che andiamo avanti a parlare, se per lei
non è un problema possiamo darci del tu?", chiese Maria.
"Nessun problema, diamoci tranquillamente del tu".
"Sono venuta per migliorare il mio inglese e a vedere di
persona come si vive in America".
"L'America è una grande nazione, bisogna adattarsi al
suo sistema per capirla e amarla, e una volta compreso il
meccanismo si apprezza questa terra multietnica... mi
ha detto Sonny che alloggi a Jersey City".
"Sono ospite da mia cugina, vorrebbe che mi trasferissi
qui, ma ancora non ho deciso, dovrebbe capitarmi qualcosa di veramente importante per decidere di lasciare la
mia città".
"Maria... cosa vuoi trovare più importante di Sonny?"
"Hai ragione, compare, sono giorni che gli dico la stessa
cosa". concluse Sonny.
I tre si misero a ridere e iniziarono a parlare del più e
del meno, dell'impressione che la ragazza avesse avuto
sino a quel momento della sua permanenza in America:
"Compare, io ti porto a casa una ragazza di Roma" disse
Sonny "e te invece di domandarle della tua città gli stai
chiedendo di cosa ne pensa dell'America...!"
"Hai ragione, vorrei parlare con lei in italiano, ma te non
lo parli e mi sembra brutto tenerti fuori dai nostri discorsi", rispose Otello.
"Ma che dici compare, l'ho portata apposta Maria da te,
io mi metto lì su quella poltrona, e mentre vedo la partita in TV mi bevo anche una bella birra gelata".
"Non ti preoccupare di lui, parliamo tranquillamente tra
noi in italiano", disse la ragazza rivolgendosi a Otello.
"Com'è strano il mondo Maria: te vieni in America per
perfezionare la conoscenza della lingua inglese, qui ab-

biamo Sonny che ha i nonni e il papà che parlano italiano, e lui sa poco e niente della nostra lingua...!"

"Già, è un peccato, le proprie origini non si dovrebbero mai dimenticare".

"Compare, prima che iniziate a conversare tra voi, mi puoi dare un'altra birra?"

"Sonny, lo sai dov'è la cucina, perciò vai di là, apri il frigo e prendi le birre che vuoi".

Sonny si alzò dal divano e si recò in cucina, dopo un po' ritornò con la birra, si accomodò sulla poltrona e si mise a vedere la TV. Maria disse: "Otello, dimmi la verità: quanto ti mancano Roma e l'Italia? Ti faccio questa domanda perché amo Sonny e sto valutando bene di rimanere qui in America".

"Tantissimo, ne sento tanto la mancanza, sono più di cinquant'anni che manco dall'Italia e dalla mia amata città".

"Sono davvero tanti anni: non hai mai sentito il desiderio di andare a trovare i tuoi parenti?"

"Sì, proprio tanti, ma i miei parenti sono tutti qua in America: i miei cari genitori riposano in pace da qualche anno, mentre le mie sorelle si sono sposate e vivono qui a Jersey City".

"Hai delle sorelle?", domandò Maria.

"Sì, due: Maria e Gloria, ho anche sei nipoti, la mia famiglia è tutta qua".

"Capisco... per me sarà un po' più facile accettare questa lontananza se decido di rimanere in America, qua come sai vivo da mia cugina... con la tecnologia che abbiamo oggi giorno posso videochiamare in qualunque momento i miei genitori, e poi, con sette ore di volo posso ritornare in Italia dai miei amici: tu hai lasciato amici in Italia?"

A questa domanda Otello non rispose subito, rimase in silenzio per qualche secondo, il viso assunse un'espressione rattristata. Nel vederlo così, Maria capì subito che aveva toccato un tasto dolente della vita di quell'uomo.

"Sì, ne ho lasciati due: uno più che amico era un fratello", disse infine "ci siamo scritti per alcuni mesi, poi all'improvviso non ho saputo più niente di lui, l'altra era molto importante per me, era la mia ragazza, ma di lei preferirei non parlare".

"Come vuoi te Otello, parlami del tuo amico".

"Ai miei tempi, come hai detto te prima, non c'era tutta la tecnologia che avete voi oggi. Per la vostra generazione è più facile rintracciare una persona tramite i social, allora c'erano solo la lettera o il telefono".

"Hai sofferto molto per quest'improvvisa interruzione della corrispondenza con il tuo amico?"

"Abbastanza".

Fece una breve pausa e aggiunse:

"Ma ora parliamo d'altro, non mi va di rattristarci troppo, raccontami un po' di te: in quale parte di Roma abiti?"

"In uno dei quartieri est della capitale, per l'esattezza Tuscolano, lo conosci?"

Otello cercò di ricordare quale zona di Roma fosse Tuscolano, poi fece mente locale.

"Sono passati tanti anni, se la memoria non m'inganna, ha a che fare con la via Tuscolana o il Quadraro?".

"Esatto. È la zona tra Tuscolana e Casilina" rispose Maria.

"Ora ricordo: Pigneto, Tor Pignattara, Mandrione".

"Si, vicino a quelle zone".

Nel frattempo che i due seguitavano a parlare, Sonny si era addormentato: la morbida poltrona aveva preso il sopravvento sulle sue palpebre e, anche se ogni tanto russava, non disturbava l'amichevole chiacchierata. Poi Otello domandò: "I tuoi genitori sono di Roma?"

"Mio padre è romano verace, mamma è nata anche lei a Roma nel sessantasette ma sua madre, mia nonna materna, era nata in un paese della Calabria. Con genitori e altri due figli si erano trasferiti a Roma nei primi anni cinquanta", rispose Maria.

"Dove abitavo io da ragazzo c'era una grossa comunità di calabresi, erano arrivati a Roma nei primi anni cinquanta, mi ricordo bene quelle famiglie, perché il mio amico Salvatore era calabrese anche lui. Vivevano all'interno delle volte dell'acquedotto Alessandrino".

La ragazza nel sentir nominare l'acquedotto Alessandrino si ricordò che la nonna spesso le raccontava che quando erano venuti a Roma dalla Calabria avevano avuto problemi per la casa, e inizialmente trovarono riparo per qualche anno all'interno degli archi dei ruderi romani. Raccontò questo particolare a Otello, il quale cominciò a fare domande in più sulla famiglia di origine della ragazza. A mano a mano che Otello otteneva risposte da Maria si agitava sempre di più. Poi, improvvisamente, fece un balzo toccando con le mani quasi il soffitto e uno strillo di gioia che svegliò Sonny.

"No, non può essere, non può essere!" ripeté svariate volte, battendo le mani più volte e iniziando a camminare avanti e indietro nella stanza. Quando finalmente si fermò, dall'eccitazione strinse a sé Maria e la baciò ripetutamente in fronte.

Sonny guardava assonnato Otello, non riusciva a capire cosa stesse succedendo, vide il compare euforico che stringeva Maria e la baciava, si alzò e fece:

"Compare, che è successo?"

"Sonny, Sonny!", fece andando ad abbracciare il ragazzo.

"Questa sera mi hai reso l'uomo più felice della terra,

vorrei piangere per la gioia! Ma non ci riesco, sono troppo contento: Sonny, lo sai chi mi hai portato a casa?"

"Certo che lo so: Maria, la mia ragazza", rispose Sonny.

"Anche. Lei è la figlia di Concetta... No, voglio dire che la mamma è la figlia di Concetta, e lei è la nipote".

Sonny non riusciva a capire cosa stesse dicendo Otello, tanto era eccitato.

"Compare, chi è Concetta?"

Maria si mise a ridere e disse: "Otello mettiti seduto, anche te Sonny, ora ti spiego tutto: mentre te dormivi, noi abbiamo cominciato a conversare del più e del meno finchè non sono arrivata a raccontare un po' le origini della famiglia di mia madre. A quel punto, a seguito di alcune domande di Otello, è venuto fuori che conosceva i miei bisnonni e mia nonna".

Otello, che aveva ascoltato Maria in silenzio sino a quel momento, intervenne: "Maria lasciami il piacere di seguitare il racconto".

"Certamene", disse lei sedendosi vicino a Sonny.

"Sonny fammi un favore prima che inizio il racconto: vai in cucina e prendimi una bella birra ghiacciata che ho la gola secca... prendile anche per voi".

Sonny andò in cucina e dopo un po' tornò con le birre. Ne passò una a Otello che, tanta era la sete, iniziò a bere di gusto fino a finirla in poche sorsate, poi disse: "Allora Sonny, io conoscevo i suoi bisnonni e sua nonna Concetta, ma la cosa più importante è che il fratello di sua nonna era il mio migliore amico d'infanzia: Salvatore".

"Ah, ho capito... sarebbe quel tuo amico che mi hai sempre detto che non sapevi che fine avesse fatto".

"Esatto, proprio lui. Ma ti rendi conto quanto è strana la vita: tu conosci una ragazza italiana che viene qua in America e te ne innamori, ma non una ragazza qualsiasi, bensì la nipote del mio amico d'infanzia Salvatore!"

"Strana coincidenza, in effetti".

"Non credo sia una coincidenza, Sonny, io la vedo da un altro punto di vista: te sei stato il tramite per farmi arrivare a Maria, è come se qualche forza misteriosa avesse predisposto questo incontro".

"E quale sarebbe questa forza misteriosa, compare?", domandò Sonny.

"Non so rispondere alla tua domanda, caro ragazzo".

Intervenne allora Maria, che sino a quel momento era stata ad ascoltare i due: "Certo è molto strano considerando che nel mondo ci sono più di sette miliardi di persone... E chi incontro qui in America!?"

"Otello!", rispose Sonny.

"No, ho incontrato te, Sonny, che poi mi hai presentato a Otello... Guardate che è assurdo. Come se avessi fatto un viaggio di settemila chilometri per dare una risposta alle mille domande che per oltre cinquant'anni hanno tormentato Otello!"

"Compare, questi sono misteri ai quali ognuno di noi dà una risposta diversa, sono contento per te, almeno adesso Maria ti dirà perché il tuo amico non ti ha più scritto".

Otello con tono eccitato si rimise seduto e disse:

"Allora Maria, non mi tenere sulle spine e dimmi: come mai Salvatore non ha più scritto?"

Capitolo III

Finalmente aveva saputo

Quella sera Otello aveva saputo da Maria perché era finita la sua corrispondenza con Salvatore. E così era giunto il momento per lui di fare quel viaggio in Italia, rimandato per troppi anni.

I due ragazzi si erano lasciati con la promessa che appena il suo amico avesse compiuto ventun anni, avrebbe raggiunto Otello in America. Avevano grandi progetti per le loro vite: come tutti i giovani, erano dei sognatori convinti di poter conquistare il mondo. Quella promessa non poté mai avverarsi. Ora Otello è a Roma, i resti di Salvatore sono davanti ai suoi occhi dentro un'urna cineraria, nascosta da una piccola lapide di marmo, con due date incise: "5.02.1949" e "5.2.1966"; di fianco alla foto c'è il modellino di una piccola Vespa 50 incollata sul marmo. Salvatore era sempre stato un patito della Vespa tanto che appena compiuti i quindici anni, all'insaputa del padre, ne aveva acquistata una di seconda mano con i risparmi delle mance che gli lasciavano i clienti al bar dove lavorava; era della prima serie del 1963 incidentata, ma la fece sistemare. Il padre prese male l'iniziativa del figlio, aver speso a sua insaputa dei soldi che potevano servire per la famiglia. Dopo un'animata discussione disse a Salvatore di riportare la Vespa indietro e farsi restituire il denaro, lui si rifiutò e il padre non lo fece entrare in casa per una settimana. Durante quel periodo di tempo, Salvatore si adattò a dormire su una sdraio sotto una tettoia all'interno dell'orto che aveva messo su suo padre recintando abusivamente un pezzo di terreno confinante con la casa, dove piantava verdure e ortaggi. La sua fortuna fu che in quel periodo era la fine di aprile e il clima era mite e gradevole, quindi per lui era meglio dormire all'aria aperta col suo scooter che dentro una casa angusta e calda. Quella Vespa per Salvatore era il sogno che si realizzava: era una conquista sociale, lui che non aveva mai avuto niente di sua proprietà, ora possedeva una cosa tutta per sé. La lucidava continuamente e, per ottenere sempre più prestazioni, la modificava. Spendeva tanti soldi per le modifiche e le riparazioni. Una volta al mese la domenica mattina si recava a Porta Portese per acquistare le parti che gli occorrevano. A quel tempo si trovavano dai rivenditori parti originali e parti rubate, ma non gli interessava sapere la provenienza di ciò che comprava: tutto faceva brodo. La cosa importante era trovare il pezzo che gli serviva. Gli piaceva gareggiare con altri scooteristi, spesso di sera sul tardi si recavano sul vialone che collegava la Casilina con la Prenestina e si lanciavano accucciati sui manubri in gare di velocità a chi arrivava per primo sotto gli archi dell'acquedotto; più di una volta a causa dell'eccessiva velocità era caduto procurandosi lievi danni fisici.

Salvatore era originario di un paesino della Calabria, era arrivato a Roma nel cinquantaquattro, quando aveva cinque anni, con i genitori e le sue due sorelle: Concetta e Vincenza. Suo padre non volle seguire le orme dei tanti paesani che si erano trasferiti a Torino, perché soffriva il freddo, e preferì fermarsi a Roma. Durante i primi tempi furono ospitati da un conoscente in una casetta al Borghetto Prenestino, ma dopo qualche mese il papà, che lavorava nell'edilizia come muratore, capì che era arrivato il tempo di trovare un nuovo alloggio per tutta la famiglia. Così una notte, con l'aiuto di due amici, occupò due archi dell'acquedotto Alessandrino e appoggiandosi ai massicci muri del rudere vi ricavò due piccole camerette, mentre all'esterno aveva costruito con laterizi e lamiere di sana pianta un locale per la cucina e una specie di bagno. Finalmente possedevano una casa loro, anche se abusiva, dove si trasferì l'intera famiglia. Per procurarsi l'acqua, nei primi tempi si recavano alla fontanella, dove riempivano vari contenitori che venivano poi trasportati con la carriola sino alla casetta; in seguito, a rotazione con gli altri abitanti di quelle povere case, suo padre attaccava un lungo tubo alla fontanella e l'acqua arrivava nei contenitori direttamente in casa. Per la luce si attaccò abusivamente, come tutti, a una cassetta dell'elettricità poco distante. Quello divenne per parecchi anni il loro alloggio. La madre, tramite una paesana, aveva trovato un lavoro di pulizie presso la casa di una famiglia benestante al centro di Roma, e ogni mattina prima di andare via preparava la misera colazione ai figli. Concetta era la sorella maggiore e quando si trasferirono in quell'abitazione aveva nove anni, Vincenza sette e Salvatore sei. Concetta ogni mattina durante il periodo scolastico, si prendeva cura del fratello e della sorella, indossati i grembiuli uscivano da casa e andavano a scuola.

Capitolo IV

Come si erano conosciuti

Fu il primo giorno di scuola dell'anno scolastico '58 -'59. Salvatore era stato bocciato all'esame di terza elementare e dovette ripetere l'anno. A quei tempi l'anno scolastico iniziava il primo di ottobre. Quel giorno Otello e i suoi compagni di classe erano già in aula da una ventina di minuti, quando bussarono alla porta della classe. "Avanti!" Fece la maestra.

Aperta la porta apparve la bidella nel suo camicione nero che teneva per mano un bambino. Quel bambino era Salvatore: alto e magro, capelli castani e lo sguardo furbo; indossava un grembiule blu striminzito che gli andava corto di maniche, al collo un fiocco bianco annodato alla meglio, i calzini calati sulle caviglie e una cartella di vinilpelle sotto il braccio, perché il manico era rotto. La bidella accompagnò Salvatore dalla maestra che lo prese in consegna e, dopo aver scritto i suoi dati sul registro di classe, lo presentò agli alunni. Data la sua statura, l'insegnante decise di farlo accomodare all'ultimo banco dove c'era Otello da solo. Anche lui per la sua età era alto, superava di una decina di centimetri i compagni di classe, e per questo motivo era stato messo da solo all'ultima fila in uno di quei vecchi banchi di legno che avevano il calamaio con l'inchiostro: a quei tempi ancora si usava così, col pennino.

I due si guardarono e si salutarono con un cenno. Salvatore prese posto nel banco e appena la maestra si girò per ritornare alla scrivania, gli fece la linguaccia alle spalle; Otello si trattenne a stento dal ridere. Era bastato meno di un minuto a entrambi per capire che sarebbero andati d'accordo. Quando suonò la campanella per la ricreazione, Otello prese dalla cartella un panino e lo scartò: all'interno c'era una tavoletta di cioccolata. Salvatore invece strappò un foglio dal quaderno e iniziò a fare una barchetta. Otello capì subito che il suo compagno di banco non aveva niente per merenda: "Salvato' nun fai merenda?"

Salvatore gli rispose: "No, io la mattina faccio colazione con il latte e un pacco di biscotti, e mi basta fino all'ora di pranzo".

Quello che Salvatore chiamava "latte" non era altro che una bustina di tè in un litro d'acqua che doveva bastare per lui e le sorelle, mentre i biscotti era il pane avanzato del giorno prima e anche dell'altro, a casa sua non si buttava niente. Allora Otello s'inventò una scusa e gli disse: "Senti te devo chiede 'n favore, mi' madre nun vole che je riporti la merenda a casa e oggi nun me va tutto er panino, famo mezzo per uno?"

Salvatore aveva una fame tremenda, ma fece finta di fare un favore a Otello: "Oddio, non è che mi va tanto, ma se è per non farti rimproverare da tua matri accetto".

Otello prese il panino e lo divise in due parti uguali, passò a Salvatore una metà, che divorò in un attimo. Da quel giorno fino alla fine dell'anno scolastico Otello divise ogni mattina la sua merenda con il nuovo compagno di banco. E Salvatore, quando poteva, prima di entrare a scuola comprava le mosciarelle: castagne secche morbide.

Le prendeva dal "nonnetto" come veniva chiamato dai bambini, che ogni mattina col suo carretto pieno di dolci si fermava davanti all'entrata della scuola.

Ne era ghiotto, non avrebbe mai diviso con altri bambini le sue mosciarelle, ma con Otello sì.

Otello seguitò a spolverare quel piccolo loculo, poi si fermò, guardò l'immagine dell'amico e iniziò a parlare: "Sapessi in tutti questi anni quante volte mi sono domandato perché non mi avessi più scritto, non riuscivo a capacitarmi che il mio migliore amico, il fratello che non avevo avuto, non avesse mantenuto la promessa fatta il giorno che sono partito per l'America: di raggiungermi non appena fosse diventato maggiorenne".

Rimase in silenzio come se si aspettasse una risposta da quella piccola fotografia, poi riprese a parlare: "Chissà cosa avremmo potuto fare insieme in America... Se penso a quante ne abbiamo fatte qui in Italia in quei sette anni che ci siamo frequentati... eravamo davvero imprevedibili".

Capitolo V

I ricordi riaffiorano, Balilla

Già, quante avventure avevano avuto questi due amici in quei sette anni, erano ognuno l'ombra dell'altro. Otello iniziò a ricordare come in un film quel lungo periodo della loro amicizia sin dal primo giorno di scuola. Come suonò la campanella dell'uscita, i due ragazzi si ritrovarono fuori dal cancello della scuola disse a Salvatore:
"Ndò abbiti?"
"Giù all'arcacci... patrima ha costruito una casa tra gli archi, e te?"
"Un po' più su, 'ndò ce sta er prato, c'è 'na palazzina a du' piani e io abbito là... te nun sei nato a Roma?", domandò Otello.
"Sognu calabrese, mi piacerebbe parla' romano... Me lo insegneresti?" domandò Salvatore.
"Certo che t'insegno er romanesco, e te m'insegni er calabrese, te va bene?"
 "Sì". rispose Salvatore.
"Visto che pe' arriva' a casa mia devo fa' la stessa strada tua, si te va potemo anna' insieme".
"Certo, ma devo aspettare sòrima Concetta che viene a prendere a me, e sòrima Vincenza che esce tra un po'".
"E che probblema c'è, aspettamo le tu' sorelle", rispose Otello. Concetta aveva lasciato la scuola appena presa la licenza elementare per aiutare la mamma nelle faccende di casa, e si prendeva cura di Salvatore e Vincenza. Da quel momento i due ragazzini con le sorelle di Salva-

tore iniziarono ad andare a scuola insieme. I giorni passavano e Salvatore apprendeva sempre più vocaboli di quel gergo romanesco di periferia, in calabrese parlava solo con i familiari, e Otello aveva imparato molte parole dialettali calabresi. Ormai i due ragazzi erano un tutt'uno, affrontavano tutto insieme, anche a ribellarsi ai soprusi, indipendentemente da chi i due avevano davanti, come successe alla fine dell'anno scolastico. La loro maestra era nubile, i due amici gli avevano affibbiato un nomignolo, la chiamavano: la zitella acida. Aveva sulla quarantina, non molto alta, ma la cosa che la rendeva antipatica ai due era l'atteggiamento che aveva con un alunno per il suo aspetto fisico. Il bambino si chiamava di cognome Balilla, era un po' in carne, quando camminava le cosce gli strusciavano l'una con l'altra e sembrava che si muovesse in modo meccanico: aveva i capelli rossi e la carnagione chiara, le guance del viso erano sempre rosee e un magnifico sorriso; era un bambino felice e aveva legato moltissimo con i due amici perché non lo prendevano mai in giro per il suo aspetto fisico, molte volte lo avevano difeso dagli alunni più grandi che lo sfottevano. Quasi ogni giorno la maestra trovava il modo per umiliarlo per il suo aspetto fisico davanti ai compagni di classe, ma lui non piangeva mai, a ogni frase offensiva che la maestra gli diceva per ridicolizzarlo, tutta la classe rideva del povero Balilla meno loro due. Balilla era più intelligente dell'insegnante, aveva capito che se rideva anziché piangere a quelle offese la maestra s'innervosiva sempre di più. Una mattina della fine di maggio, quando ormai l'anno scolastico stava per terminare, la maestra entrò in classe con un giocattolo meccanico: un robot. Ridendo, mentre guardava Balilla l'appoggio sulla scrivania. In classe c'erano tre file di banchi. Balilla era seduto al primo banco della

fila di centro davanti alla cattedra, il Robot era a meno di un metro dal suo volto. Otello appena visto il Robot e il ghigno della maestra, capì che l'aveva portato per mortificare il compagno di classe e accucciandosi sul banco disse a bassa voce a Salvatore: "Sarvato', me sa che la zitella acida ha portato quer giocattolo pe' pija in giro er poro Balilla".
"Pensi che lo vole fa ciangere?", sussurrò Salvatore.
"Pe' me sì, è dall'inizio dell'anno che ce sta a provà", rispose Otello.

La maestra finito di fare l'appello chiamò Balilla, gli disse di mettersi di fianco a lei e iniziò ad accarezzarlo. Salvatore sussurrò a Otello in calabrese: "Quandu u diavulu t'accarizza, l'anima voli". Infatti, il suo sospetto era concreto. L'insegnante disse a Balilla di prendere il Robot e caricare la molla con la chiave che aveva dietro. Balilla sempre con il suo sorriso fece ciò che la maestra gli aveva ordinato, appena caricato, diede il giocattolo alla maestra che lo appoggio per terra e il Robot incomincio a camminare come un automa sul pavimento della classe. Il giocattolo seguitava a muoversi seguito dallo sguardo degli alunni, l'unico che si disinteressava di quel Robot era Balilla: aveva capito che la maestra lo voleva umiliare davanti a tutti i compagni. Poi l'insegnate domandò a Balilla a chi rassomigliasse, ma lui non rispose. Otello appena sentita la domanda sottovoce disse: "Salvato' è come t'avevo detto io, lo vole pija in giro, ce voi scommette che dice ch'è lui?"
"'Sta storia nun me piace: so' sicuro che finiscia ccu u chiantu de Balilla".
La maestra sempre più insistente, e con il tono della voce aggressivo ripeteva al povero Balilla di rispondere alla sua domanda. In classe calò un silenzio surreale. Si

sentiva solo il rumore meccanico del Robot che camminava, ormai anche i compagni di classe erano spaventati
dal comportamento della loro insegnante. Balilla non
rispose, e per la prima volta si mise a piangere. La maestra non contenta di umiliare il povero bambino inizio a
strillare perché voleva che gli rispondesse, poi allungo
una mano, e come se fosse posseduta da qualche entità,
con due dita gli prese il lobo dell'orecchio destro e iniziò a tirarlo con cattiveria fino a che le unghie lo buca-
rono e iniziò a uscire il sangue. Balilla fece un urlo acuto
per il dolore, solo in quel momento la maestra ritorno in
sé e, vedendo il sangue che usciva copioso, si fermò,
mentre il bambino urlava e piangeva. Anche gli altri
alunni spaventati dall'atteggiamento dell'insegnante
iniziarono a piangere per la paura. La maestra andò di
corsa verso la porta e aperta chiamo la bidella che arrivò immediatamente.
Gli disse: "Presto, prenda il bambino e lo porti urgentemente in infermeria per farlo medicare".
Balilla piangeva e diceva che voleva la mamma, il collet-
to bianco del suo grembiule era sporco di sangue che
usciva dal taglio procurato con le unghie dalla maestra.
La bidella, vedendo il bambino piangere e il sangue che
gli aveva sporcato il grembiule domandò all'insegnante
come si fosse fatto male il bambino, lei gli rispose con
una bugia: che era caduto sbattendo l'orecchio allo spigolo del banco. A sentire quella fandonia come risposta
Otello si alzò e iniziò a strillare: "Buciarda, nun è vero è
stata lei che j'ha menato a Balilla!"
Intervenne anche il suo compagno di banco: "È vero, è
stata quella zitella acida a faje usci' er sangue".
La maestra non si aspettava una reazione del genere e
cercò di giustificarsi davanti alla bidella dicendogli che
era una menzogna quello che stavano strillando i ragaz-

zi, e li redarguì ordinandogli di stare zitti. I due invece iniziarono a strillare: "Buciarda, buciarda, buciarda!" A mo' di cantilena, anche gli altri alunni presero coraggio e si unirono ai due gridando: "Buciarda! Buciarda...!"
La maestra, innervosita dalla inaspettata ribellione degli alunni, prese la bacchetta e incominciò a sbatterla con violenza sulla cattedra cercando di riportare l'ordine nella classe, ma ormai la situazione gli era sfuggita di mano. Le urla si sentivano in tutta la scuola e all'improvviso entrò nella classe la Direttrice, vide Balilla in quelle condizioni, e senza fare domande su come si fosse fatto male il bambino ordinò alla bidella di portarlo in infermeria. Poi rivolgendosi all'insegnante le domandò come si era ferito il bambino e ricevette la stessa risposta data alla bidella.
Otello si alzò dal banco e strillò: "Direttrice nun è vero, è stata la maestra a bucaje l'orecchio co' le dita, je lo tirava come 'n elastichetto e alla fine je l'ha bucato: è 'na buciarda".
Salvatore confermò ciò che aveva detto Otello, e rivolgendosi alla Direttrice che cercava di capire quale fosse la verità, gli disse in calabrese, indicando la maestra: "'Gnura Direttrice, 'nt'ogni mandria c'è na pecura rugnosa".
La Direttrice, che era calabrese, capì cosa aveva detto l'alunno in dialetto e trattenne a stento la risata; con fare serio disse ai due amici e all'insegnante di seguirla in direzione.

Otello, guardando la foto di Salvatore, parlò: "Che bordello successe quella mattina in Direzione: la zitella che inveiva verso di noi, Balilla che piangeva e accusava la maestra, tu che parlavi in calabrese con la direttrice. Oggi ripensando a quella sommossa ti confesso che sono fiero di ciò che abbiamo fatto per difendere Balilla, sicuramente anche te ne saresti orgoglioso; alla fine abbiamo vinto noi, la verità venne a galla e la maestra fu assegnata a una nuova classe".

Il caldo iniziò a farsi sentire anche all'interno dell'ossario e Otello iniziò ad avere una certa stanchezza alle gambe, anche perché negli ultimi due giorni aveva dormito poco, sorseggiò un po' d'acqua e s'incamminò per il corridoio, dopo una decina di metri si affacciò per vedere se nel giardino sottostante ci fosse qualcosa per sedersi e vide una seggiola di quelle in legno pieghevoli appoggiata ad una parete: forse qualcuno la usava per mettersi seduto quando faceva visita al proprio caro. Scese le scale e prese la sedia. Una volta ritornato davanti al loculo di Salvatore che era in terza fila l'apri, si sedette, e guardando la foto disse: "Salvatore mi sto invecchiando, sono dovuto andare cercare qualcosa per mettermi seduto, ho le gambe che mi fanno male per la stanchezza, quando eravamo giovani ci dovevano legare alle sedie per non farci muovere... per la nostra età eravamo troppo svegli, frequentare i ragazzi più grandi ci è servito tanto in quel periodo della nostra vita per uscire da situazioni particolari senza problemi... Meno male che i nostri genitori non seppero mai cosa combinammo quel giorno durante le vacanze estive, altrimenti ci avrebbero punito severamente".

Capitolo VI

Una giornata tremenda

Il periodo estivo, quando le scuole chiudevano, per molti genitori iniziavano i problemi. In tante famiglie lavoravano entrambi i genitori, per loro era più importante portare da mangiare a casa che le vacanze al mare o in montagna. I meno fortunati, che erano la maggioranza, vedevano il mare il giorno di Ferragosto, altrimenti rimanevano a casa. Pochi riuscivano ad andare nelle colonie, oppure se avevano i nonni al paese si recavano da loro per tutto il periodo estivo. I nostri due amici erano stati promossi in quinta elementare, e rientravano nella categoria dei meno fortunati, ogni mattina dovevano inventarsi come trascorrere la giornata. Otello e Salvatore passarono i primi giorni di vacanza tra leggere fumetti e giocare a pallone in un campetto improvvisato vicino l'acquedotto, o portare al pascolo la pecora che aveva comprato il papà di Salvatore. Più i giorni passavano e più si annoiavano, poi i due amici iniziarono a cercare altre cose da fare per trascorrere il tempo. Una mattina intorno alle nove Otello si recò davanti alla casetta del suo amico e iniziò a chiamarlo:
"Salvato'! Salvato'!"
Si affacciò la sorella Concetta e gli disse che si stava vestendo. Dopo un po' uscì Salvatore che disse:
"Ahó, ma che sei cascato dal letto?"
"Guarda che so' le nove".

Mentre chiudeva il cancelletto dell'entrata della casetta Salvatore ribattè:

"E chissenefrega si so' le nove: io 'stanotte nun ho dormito pel caldo, m'ero messo in giardino co' mi' patri pe' sta' fresco, ma dopo 'n po' che stavo a respira' le zanzare me se so' magnate e so' dovuto rientra' inta a casa... te poi immagina' che nottata ho passato dentro a quer forno".

Ogni tanto a Salvatore, anche se si sforzava a parlare in romanesco, sfuggiva una parola in calabrese.

"E io che ne sapevo che stanotte nun hai dormito... senti: hai fatto colazione?"

"Come ar solito: tè e pane", rispose Salvatore.

Otello allora gli passò tre fichi che aveva in mano:

"Tiè, magnate 'sti fichi che so' mejo der tè".

Salvatore prese i fichi e senza sbucciarli li mangiò.

"Madonna com'erano boni, artro ch'er tè cor pane secco:'ndo l'hai presi Ote'?"

"Vicino a casa mia, sulla strada c'era 'n ramo de 'na pianta co' 'na decina de fichi che usciva dar recinto den giardino e io l'ho presi".

"E n'hai presi solo tre?"

"No, l'antri sette me li so' magnati io!", disse mettendosi a ridere.

"Ah, ah, ah".

"Ammazza che cornuto, a mia tre e te *sette*!"

"Ringrazia Dio che nun me so' magnato pure quei tre".

"Ma te pijasse 'na cacarella a fischio!", disse Salvatore.

"Salvato' senti bene che te dico: io a mi' madre j'ho detto ch'oggi rimanevo a pranzo a casa tua, così potemo anna' in giro tutto er giorno".

"E io a sòrima Concetta je dico ch'oggi a pranzo resto a mangiari a casa tua, così mi' màtri quanno ritorna da lavuru nun se preoccupa ch' io nun ce sto".

"Esatto, hai capito ar volo: tu copri a me e io copro a te".

Salvatore entrò in casa ad avvisare Concetta, dopo un po' uscì e fece, rivolto all'amico: "Allora, dove volemo anna'?"

"Ar vascone a fasse er bagno, hai detto che stanotte nun hai dormito per caldo, armeno te rinfreschi". Mentre diceva così, da sotto la maglietta tirò fuori una fionda e la mostrò orgoglioso a Salvatore: "Guarda ch'ho costruito ieri pomeriggio senza famme vede' da mi madre".

"Bella, ce cacciamo le lucertole?", domandò Salvatore prendendola in mano.

"Anche le lucertole, ma io co' questa me ce vojo difenne si quarcuno me dà fastidio: 'na breccolata sulla capoccia nun j'ha leva nissuno".

E, mostrando dei sassi tondi di ghiaia che aveva in tasca, aggiunse: "Màtri mia che dolore si te pia 'na breccola de queste!"

Otello rimise la fionda a tracolla e i due iniziarono a camminare in direzione del vascone costeggiando l'acquedotto. Mentre camminavano sulla strada, Salvatore vide un camion fermo della Coca Cola, l'autista faceva la spola a scaricare le cassette con le bottiglie dal mezzo e le portava dentro un bar, dall'altra parte del marciapiede. Negli anni sessanta quel tipo di mezzi per il trasporto della Coca Cola erano aperti con le cassette impilate una dentro l'altra, e Salvatore disse: "Ote' si te sali' sopra l'arcacci e controlli l'autista quanno sta p' entra' dentro ar bar, io dal lato che nun me vede je prenno 'n paio de bottije de Coca Cola e dopo ar vascone se le bevemo".

L'acquedotto faceva da spartitraffico e lungo ognuno dei lati scorreva una strada per ogni senso di marcia; in un punto si interrompeva e la parte ancora esistente, bassa, riprendeva a salire molto più avanti. Il mezzo, per non intralciare il traffico, si era messo dritto dove terminavano gli archi, come se fosse un prolungamento dell'acquedotto, perciò un lato era visibile dal bar, mentre l'altro era nascosto. Otello salì sopra l'arcaccio e si mise seduto a controllare i movimenti dell'autista; come vide che si recava con il carico di casse nel bar fece segno a Salvatore che con agilità si arrampicò sul lato del camion che non era visibile dal bar, sfilò due bottiglie da una cassetta e si mise a correre tenendole sotto la maglietta, seguito dal suo amico che era sceso di corsa dal rudere. Dopo più di una decina di metri i due si fermarono e guardandosi si misero a ridere.

"Mamma mia che strizza, si lo viè a sape' mi padre m'ammazza de bòtte".

"E a me prima mi matri u culu cor battipanni e poi mi patri co' la cinta de cuoio che ce alliscia er rasoio".

I due compiacendosi a vicenda della bravata ripresero a camminare in direzione del campo. Giunti all'inizio del terreno del contadino, davanti ai loro occhi apparve un immenso campo di grano. Era quasi pronto per la mietitura e il vento fletteva le spighe dolcemente.

Otello per arrivare prima al vascone stava per entrare nel campo di grano quando Salvatore lo bloccò: "Ote', fermo: nun dovemo cammina' in mezzo ar ranù".

"Ma famo prima!"

"È vero. Ma cor ranù ce se fa la farina e er pane, si mò noi entramo lì dentro rovinamo 'n sacco de spighe: u ranù va rispettato".

"C'hai raggione Sarvato', nun ciavevo pensato a 'sta cosa".

"Devi sape' che quanno stavamo ar paese, mi patri e mi matri annavano a lavora' nei campi alla mietitura, 'na vorta ch'era stato raccorto er ranù mi matri a me e le mi' sorelle ch'eravamo più piccoli ce portava pe' i campi a recuperà tutte le spighe ch'erano rimaste a tera: riuscivamo a raccojene parecchie e mi patri le portava ar mulino che je dava la farina pe' fa' er pane, ecco perché nun ce dovemo passa'".

"E allora passamo dall'artra parte".

I due salirono quindi sopra l'acquedotto romano che in quel punto non era molto alto e costeggiava il terreno per circa trecento metri, e iniziarono a camminare tra piante e alberi di fico selvatici che negli anni erano cresciuti sulla cima degli archi. La loro meta era il grande vascone dove i ragazzi del quartiere nel periodo estivo andavano a fare il bagno. Era sempre pieno di acqua fresca che veniva da un pozzo, il sopravanzo andava in una condotta di cemento aperta che costeggiava il terreno irrigandolo. C'era solo il problema del contadino, era sempre vigile e pronto a cacciare i ragazzi che s'immergevano nel vascone. Aveva paura che qualche ragazzino affogasse: a volte si era rischiata la tragedia e non tutti i ragazzi che si gettavano nel vascone sapevano nuotare. In prossimità del vascone si fermarono per controllare dall'alto dell'acquedotto se c'era il contadino in giro, non vedendo nessuno scesero e si avvicinarono a quella che per loro era una piscina.

"Dai Salvato', approfittamo mo' che nun ce sta er contadino pe' fasse er bagno".

"Si, sbrigamose... mettemo i panni e le bottije dietro a 'sto cespujo".

I due si tolsero i pantaloncini, le magliette, le scarpe e li nascosero dietro un cespuglio come aveva detto Salvatore. Otello prese due cassette di legno da un mucchio che il contadino aveva accatastato vicino al vascone, e le mise appoggiate al muro; ci salirono sopra e si arrampicarono sul bordo del vascone. Salvatore fu il primo a tuffarsi, seguito subito dopo da Otello: "Mamma mia quant' è fredda..."

Salvatore invece era entusiasta di fare il bagno.

"Ma che fredda, chissa te fa bene: io ogni jornu, estate e inverno me lavo coll'acqua fredda".
I due seguitarono a fare il bagno tra le libellule che volavano a filo d'acqua alla ricerca di insetti e alghe che crescevano sul fondo. Erano felici. Sguazzavano e strillavano di gioia da svariati minuti, ma si erano dimenticati del contadino, che all'improvviso iniziò a strillare.
"Disgraziati, uscite immediatamente da lì dentro, mò ve faccio vede io... si ve pio du' sganassoni nun vii leva nissuno, così la prossima vorta ce pensate du' vorte prima de ritorna' a favve 'r bagno".
"Sbrigamose Ote', quello si ce pija ce sconocchia".
"Si, sbrigamose, sbrigamose, senti come strilla..."
Terrorizzati dalle minacce dell'uomo i due ragazzi iniziarono ad annaspare nella paura e a fatica riuscirono a uscire dal vascone. Fuori li aspettava il contadino che appena li afferrò gli diede un ceffone per uno".
"Ahó, che te meni, mica sei mi padre".
A sentire la rimostranza di Otello, quello in tutta risposta gli diede un altro ceffone per uno e li cacciò con un calcio nel sedere. I due brontolando per le percosse si rivestirono, presero le due bottiglie e salirono sui ruderi, poi Otello si girò e vide il contadino che stava a una ventina di metri davanti al vascone a controllare se andavano via e gli disse: "Ringrazia Dio che sei più granne, artrimenti quaa mano te la spezzavo!"
Anche Salvatore strillò all'indirizzo del contadino: "Prima o poi te la famo paga': cornutu te tu patri e tu matri".
Il contadino allora prese dei sassi da terra e li tirò verso i ragazzi per spaventarli. Otello vedendosi minacciato da quel lancio di pietre prese la fionda che non vedeva l'ora di usare, mise dentro la pezza una breccola, allungò il braccio e tese gli elastici il più possibile, chiuse un

occhio, prese la mira come fanno i cecchini e lanciò il sasso al contadino.

La breccola colpì il bersaglio che fece un urlo tremendo. Otello aveva fatto centro, il suo nemico era stato colpito. Il pover'uomo si toccava la fronte, strillava e imprecava dal dolore, si appoggiò al muro del vascone seguitando a lamentarsi, si sedette sopra le cassette che avevano messo i due ragazzini, all'improvviso si azzittì e non si mosse più. I due amici si guardarono in faccia spaventati; il contadino che poco prima li aveva sculacciati era seduto immobile. La paura si impadronì di loro e iniziarono a correre a gambe levate tra i campi per un paio di chilometri, era una gara tra loro due: uno sorpassava l'altro, sino a che stremati giunsero vicino a un cantiere dove stavano facendo dei lavori di urbanizzazione. Erano entrambi esausti, respiravano a fatica; si appoggiarono alla rete di recinzione del cantiere e si misero seduti per terra. Sudavano per la corsa che avevano fatto.

"Salvato' me sa ch'er contadino è morto".

"E che ne sàcciu io!?"

"Ma mica j'ho sparato, era solo 'na mazzafionnata".

"Si, ma sicuramente l'hai preso sulla frunti, hai sentito come strillava?"

"Mannaggia, s'è morto la polizia ce cercherà pe' portacce 'n galera".

"Ma quale polizia Ote', eravamo solo noi due e er contadino... si pure è morto, che ne sanno chi l'ha ammazzatu".

"C'hai raggione, eravamo solo noi tre... ma io prima de torna' a casa vojo esse' sicuro che nun è morto".

"Dopo, quanno stamo a ire a casa, provamo a passa' vicino ar vascone. Si vedemo la polizia allora è morto, se invece è vivo nun c'è nessuno".

Salvatore prese un coltellino che aveva in tasca, aprì le due bottiglie di Coca Cola e ne passò una all'amico.

"Tiè bevi prima che se concalla, a forza de core m'è venuta 'na sete..."
"Comunque io vojo esse' sicuro ch'è vivo..."
Non fece in tempo a finire la frase che a un centinaio di metri da loro si sentirono due cani maremmani abbaiare, e il contadino con un bastone in mano e la testa fasciata che strillava all'indirizzo dei due ragazzi: "A fiji de 'na mignotta: si ve prenno ve faccio ricorda' er giorno che siete nati" e incitava i cani a prenderli. Salvatore disse: "Guarda è 'r contadino, e te che te preoccupavi s'era morto, 'sto cornutu è vivo, è vivo! Scappamo che si ce piano i cani ce se magnano".
"Mejo così Sarvato', armeno mò so' che nun l'ho ammazzato".
I due schizzarono in piedi e iniziarono a correre: i pastori maremmani che li inseguivano abbaiavano così forte che richiamarono l'attenzione dei cani all'interno del cantiere.

Otello, guardando la foto di Salvatore, disse: "Quanto corremmo quel giorno; anche se qualche anno dopo iniziai a correre a livello agonistico quella fu una corsa particolare. La cosa che più mi metteva paura erano i cani, sembrava una battuta di caccia: ma le volpi eravamo noi. Ancora oggi se ripenso a quei cani mi vengono i brividi addosso, meno male che poi siamo entrati tra le vie del quartiere".

I due amici per la paura pensavano solo a correre, poi videro delle case che costeggiavano il campo e vi si diressero per rifugiarsi tra quelle vie, erano talmente impauriti da non accorgersi che i cani non li inseguivano più, finchè Salvatore ormai sfinito si appoggiò a una vettura parcheggiata sulla strada e guardando dietro di sé non li vide più. Cercò il suo amico, ma non riusciva a vederlo. Dopo qualche minuto Otello uscì da un portone di una palazzina dove si era rifugiato e si recò dal suo amico, i due felici per lo scampato pericolo si abbracciarono. Passato l'attimo di contentezza, si fermarono presso una fontanella a bere e a darsi una rinfrescata tanto erano sudati, poi cercarono un posto all'ombra per riposarsi un po' e si sedettero sulla soglia di un negozio che era chiuso sotto un balcone a pochi metri da un genere alimentari.

Capitolo VII

L'inganno

"Salvato' 'sto bagno ar vascone c'è costato caro, so' du'
ore che coremo, so' sfinito, me sta a pija pure fame, e mò
che se magnamo?"
"E che ne so', pure a me sta a pija fame, ormai sarà mez-
zoggiorno".
"A casa nun ce potemo anna', i meloni der contadino
dopo quello che j'avemo fatto se li potemo scorda'... te
ripeto: che se magnamo Salvato'?"
"Tu c'hai i sòrdi pe' compra' da mangiari?"
"Io nun ciò 'na lira, ma ciò tanta fame, e te c'hai quarche
sòrdo?"
"No, però 'na certa idea ce l'ho: te piaciono i cococciulu?"
"E che so 'sti cuccuruccuccù ch' hai detto?"
"I cardi, er prato è pieno de quelli servatici, se magna er
gambo, so' 'n po' amari ma armeno se magnamo quarcosa, io ogni tanto quanno porto la pecora ar pascolo se li
trovo li tajo e me li magno".
"E allora seguita a magnatteli te Sarvato', io nun ce riva-
do dentro ar prato, dovessimo rincontra' er contadino
co' i cani, preferisco morimme de fame".
Nel frattempo dal negozio di generi alimentari uscì una
signora di una certa età insieme al padrone del negozio,
che le passò due borse piene di spesa. La donna ringra-
ziò il negoziante e gli disse che per la borsa che era rimasta in negozio avrebbe mandato più tardi il nipote a
ritirarla. I due amici senza essere notati avevano ascol-

tato e vista tutta la scena, si guardarono in faccia e Salvatore disse:

"Ote', forse avemo trovato er pranzo, però se dovemo sbriga' prima che la signora entra dentro er portone".

"E che voi fa' Sarvato'?"

"Io mò vado arretu alla signora fino ar portone, poi co' 'na scusa cerco de sape' er nome suo, te aspettame qua e nun te move".

Otello seguì con lo sguardo il suo amico che si allontanava, dopo un po' raggiunse la donna mentre si accingeva a suonare a uno dei campanelli del portone, poi vide che iniziò a parlare con lei, e poco dopo l'anziana gli passava una delle sue borse e insieme i due entravano nel palazzo. Otello non riusciva a capire cosa stesse combinando il suo amico. Dopo qualche minuto lo vide uscire dal portone e di corsa andare da lui: "Ote', tutto a posto, mo' tocca a te, bisogna che se sbrigamo prima che arriva er nipote".

"Tutto a posto che, Sarvato', ma che stai a di', me fai capi'?"

"Ote', te fa' come te dico io, dopo te cuntare tutto, mò datte 'na sistemata, poi vai dentro dar fornaio e je dici che sei er nipote della signora Elena e che devi ritirare una burza, la prenni e esci tranquillo, io t'aspetto all'angolo der palazzo e se ne annamo de corsa: hai capito?"

"Ho capito che? Ma si quello se ne accorge che nun so' er nipote lo sai le botte che me da'".

"Vai tranquillo, nun te succede nenti, ricordate Elena e si te dovesse chiede er cognome je dici: Ascenzo, aricordate l'ascensore".

Otello era preoccupato della situazione, ma si fidava del suo amico: si sistemò i capelli, la maglietta e si avviò verso la bottega; intanto Salvatore si era portato all'angolo del palazzo e controllava la porta d'uscita del negozio. L'attesa fu snervante, Salvatore iniziò a mangiarsi le unghie per il nervoso, ma dopo qualche minuto vide Otello uscire dal negozio con la borsa della spesa. Appena girato l'angolo del palazzo, i due si abbracciarono soddisfatti e si misero a correre nuovamente verso i campi con la borsa di carta piena di acquisti.

La fuga durò una decina di minuti fino a che giunsero su una stradina sterrata dove c'era il rudere di una vecchia casa, si fermarono ed entrarono all'interno dove iniziarono a ridere: erano contenti della bravata che avevano fatto e aprirono la borsa per vedere cosa c'era al suo interno. Furono fortunati, trovarono: una confezione di biscotti, tre ciriole, un pezzo di caciotta, della mortadella, un pezzo di sapone per i panni che gettarono subito, e una bottiglia di spuma.

Salvatore disse: "Madonna quanta robba che c'è da mangiari".

Otello saltava dalla felicità e disse: "Ce stamo bene fino a stasera, mettemo tutto su quei mattoni ché ciò 'na fame che nun ce vedo più... forza apri le ciriole".

Salvatore iniziò ad aprire tutto e sistemò gli alimenti su di un tavolo improvvisato di vecchi mattoni. Con il coltello tagliò il formaggio, aprì la bottiglia di spuma e iniziarono a mangiare. "Salvato', ma come hai fatto a sape' er nome della signora?"

"Quanno so' arivato ar portone lei stava a sona' ar campanello dell'interno sette 'ndò c'era scritto Ascenzo Elena e 'n artro cognome, sicuramente era der maritu, la signora come m'ha visto m'ha domannato si dovevo entra' e io j'ho risposto che dovevo anna' all'interno 10... ner frattempo j'avevano aperto er portone, allora io ho fatto er carino e j'ho detto si voleva 'na mano a porta' le borse, lei m'ha ringraziato e me ne ha data una, e semo' entrati dentro ar palazzo".

"Quanno te sei tornato e m'hai detto d'anna' dentro ar negozio a prenne la borsa co' la spesa, la paura mia era ch'er fornaio conoscesse er nipote".

"Ote', e mica sugnu pàcciu che te mannavo dentro a prenne la borsa... mentre salivamo le scale lei annava piano, m'ha raccontato che cià 'n nipote de dieci anni che vive a Milano e doveva arivà da 'n momento all'artro co' i genitori, doppo più de du' anni che non lo vedeva".

"Ah, mò ho capito perché m'hai detto vai tranquillo, er fornaio nun lo conosceva".

"Esatto, mo' tu pensa quanno er fornaio je dice che la spesa l'ha già presa 'n artro nipote, che macello che succede".

"E mentre loro discuteno noi se stamo a magnà tutto".

I due iniziarono a ridere: "Ah ah ah, che sola j'avemo fatto!"

Otello guardò la foto del suo amico e disse: "Salvatore, quel giorno gli abbiamo fatto proprio un bel tiro mancino a quelle persone, avrei voluto essere una mosca per vedere cosa è successo dopo, quando il nipote della signora andò a prendere la terza borsa dal fornaio... non sapremo mai com'è finita quella storia, posso solo immaginare le discussioni che ci saranno state all'inizio, prima di capire che erano stati truffati... di una cosa sono certo: lo sai le parolacce che ci avrà detto il fornaio. Otello guardò l'orologio e vide che erano già le due, il caldo cominciava a essere asfissiante anche dentro quella struttura, così decise di scendere in basso per sgranchirsi le gambe. Fece le due rampe di scale portandosi appresso le sue cose, appena fu all'aperto il sole lo abbagliò. Dopo aver rimesso a fuoco l'immagine, iniziò a camminare lungo il viale sotto gli alberi che costeggiano i campi dei defunti sino ad arrivare ad una panchina della fermata degli autobus che fanno la spola tra la città e il cimitero, e si sedette. Il suo sguardo andava oltre il muro di cinta del cimitero, il cielo era terso, in lontananza vedeva i casali dei contadini e i campi della valle del Tevere arsi dal sole estivo.

<h1 style="text-align:center">Capitolo VIII</h1>

<h2 style="text-align:center">La battona e la polizia</h2>

Quando i due amici finirono di mangiare presero un vecchio barattolo trovato nel rudere, lo misero sul davanzale di quella che una volta era stata una finestra e iniziarono a fare il tiro al bersaglio con la fionda: il gioco era a chi faceva centro più volte e andò avanti per un bel po' di tempo, alla fine la gara fu vinta da Otello che, si rimise la fionda a tracolla.

"Salvato', bisogna che pensamo come ritorna' a casa, io vojo arivà prima che rientra mi' padre".

"C'hai ragione Ote', pur'io vojo rientra prima che ritorna mi' patri".

"Ma da dove passamo? Io 'sta zona nun la conosco e poi entra' pe' quee vie magari rischiamo de incontra' er fornaro".

"E si passamo pe' er prato rischiamo che ce becca er contadino".

"E' vero Salvato', ma si noi camminamo lungo er fosso della marana, se potemo nasconne in mezzo alle canne, e si lo vedemo ciavemo sempre la mazzafionna pe' difennece".

"C'hai raggione, è l'unica strada che conoscemo bene e che ce permette d'ariva' a casa anche si allungamo 'n po'".

"E allora dai, famo così Salvato'".

I due iniziarono a camminare e si avviarono con cautela tra i cespugli e le piantagioni di canne a ridosso del fossato dove scorreva il rigagnolo di una marrana, erano sempre vigili per vedere se sui campi spuntasse la figura del contadino con i cani. Dopo circa venti minuti di cammino costeggiando la marrana giunsero sotto la volta di un ponte, sopra il quale passava una stretta strada asfaltata che una volta presa gli avrebbe permesso di arrivare a casa prima che i loro genitori tornassero dal lavoro. Sotto il ponte, su una sponda di terra piana rialzata, c'era una vecchia rete da letto con un fatiscente materasso.

"Salvato' me sa che qui ce dorme quarcuno".

"Ma chi voi che ce dorme qui sotto a 'sto ponte, in mezzo a 'na marana e i sùrici... no, sicuramente quarcuno l'ha buttati lì".

Salirono la spalletta di terra che portava sul ponte e appena giunsero sulla strada videro seduta su un muretto del parapetto, dall'altra parte del ponte, una bella donna sulla quarantina: capelli lunghi neri, rossetto rosso fuoco, una maglietta bianca a vita attillata che metteva in mostra il seno prorompente; aveva le gambe accavallate con delle calze nere a rete, una borsa a tracolla di color nero lucido e fumava.

"A regazzì, da dove siete sbucati?"

"Da sotto ar ponte" rispose Salvatore, mentre si avvicinavano alla donna.

"Allora vedete de smammà che qua nun ce potete stà".

"Perché nun ce potemo sta'?"

"Perché io qua ce lavoro".

"E che lavoro ce fai qua sur ponte"?

"Ma che te frega a te, v'ho detto d'annavvene e ve ne dovete anna', artrimenti ce buscate".

"E mica sei mi' matri che me meni".

"E io te tiro 'na mazzafionnata sulla capoccia, sì ce provi a toccacce".

Allora la donna, per impaurire i due ragazzi, aprì la borsa che aveva e tirò fuori un coltellaccio agitandolo, e disse: "Si nun ve n' annate v'ammazzo".

Come terminò quella frase, da una curva sulla strada in lontananza spuntò una jeep della polizia, rimise il coltello nella borsa e strillò: "A regazzì nasconneteve, artrimenti alle madame come je spiego che stavamo solo a parla'... già me rompeno le palle tutti li giorni, nasconneteve, nasconneteve!"

Pochi mesi prima avevano chiuso le case di tolleranza e la prostituzione a pagamento era divenuta un reato, i controlli delle forze dell'ordine erano incessanti, ecco perché la donna era preoccupata. Ma non tutti i poliziotti erano ligi al dovere, alcuni chiudevano un occhio ricevendo in cambio prestazioni gratis.

I due ragazzi per paura della polizia fecero come gli aveva detto la donna, si nascosero tra le canne sotto la spalletta del terreno da dove erano saliti. A bordo della camionetta c'erano due guardie, appena si trovarono davanti alla donna fermarono il veicolo, quella scese dal muretto e si diresse presso la jeep incominciando a parlare con loro. Quello che guidava era talmente obeso che la pancia gli toccava il volante. Dopo un po' che i tre chiacchieravano amichevolmente, la donna si girò e iniziò a camminare, attraversò quella stretta strada e iniziò a scendere sotto il ponte per poi sparire. La guardia che era di fianco al guidatore della jeep Campagnola scese dalla vettura, si guardò intorno per vedere se passava qualche macchina e correndo si recò sotto al ponte dove era scesa la donna, mentre il collega grasso rimase seduto sulla jeep. I due ragazzi avevano assistito a tutta la scena:

"Sarvato', ma che vanno a fa sotto ar ponte?"

"E che ne so, annamo a vidiri, famo piano".

I due una volta scesi si aprirono uno spiraglio tra le canne, attenti a non far rumore, e videro dall'altra parte della sponda una scena che rimarrà per sempre impressa nella loro mente: la donna stava sdraiata sul materasso con la gonna tutta tirata su a gambe aperte e senza mutandine, mentre la guardia indossava solo la parte superiore della divisa e si apprestava a salire sul materasso.
"Salvato' guarda quello cor culo scoperto e la donna a gambe aperte, mò quelli fanno l'amore".
"Si, fanno l'amore, come quanno er montone monta sopra la pecora che ciò io 'n giardino".

"Si, ma quella mica è 'na pecora", disse ridendo Otello
"Certo che nun è 'na pecora, quella è 'na puttana", rispose Salvatore, che sottovoce iniziò a fare: "beeee, beeeee".
All'improvviso sotto al ponte apparve anche l'altro poliziotto; aveva lasciato la vettura incustodita per unirsi ai due che si sollazzavano, convinti di non essere visti: in meno di un minuto rimase anche lui solo con la parte della divisa superiore addosso e si unì agli altri in attività erotiche.
"Je tirerebbe 'na mazzafionnata sulle chiappe a quei due zozzoni".
"Ma che sei matto, quelle so' guardie, ma che voi anna' 'n galera?"
"No, ma me piacerebbe tiraje 'na breccola su quei culi bianchi... e poi guarda quello quant'è grosso, cià du' cosce che so' du' presciutti... ho deciso io je la tiro".
"Aspetta, famme pensa'... nun tira' gnente fino a che nun ritorno" disse Salvatore".
"'Ndò vai?"
"Zitto e aspetta".

Salvatore risalì la spalletta, dopo un po' ritornò scivolando tra l'erba e la sterpaglia e disse:

"Ote', appena tiri la mazzafionnata dovemo scappa' subbito, artrimenti si ce piano so' dolori, sei pronto?"

Otello non aspettava altro che il suo amico gli dicesse di prepararsi a tirare la fiondata contro le guardie.

"Sarvato' so' prontissimo... anzi, lo sai che te dico: che io je la tiro a tutt' e due".

"Ma che sei matto, nun fai in tempo a tiralla a tutti e due, dopo nun potemo più scappa'".

"Ma sì che j'ha famo, stanno tutti e due co' i pantaloni calati, e prima che se rivesteno noi semo già scappati... e poi loro stanno dall'antra parte della marana".

"C'hai raggione, prima che se vestono noi semo spariti, nun ce ponno veni appresso manco co' la macchina, prima j'ho bucato tutte e due le gomme davanti cor cortellino".

I due risero con la mano davanti alla bocca per non farsi sentire.

Otello prese tra le sue breccole le più grandi e si sdraiò allungando il braccio tra le canne per fare spazio, caricò sulla pezza la prima pietra, prese la mira per colpire il primo dei due poliziotti che ignari seguitavano a sollazzarsi con la donna, allungò al massimo gli elastici e lanciò il primo sasso che colpì il bersaglio proprio dove voleva lui. La guardia fece un urlo e si staccò dalla donna e dato che aveva i pantaloni calati che gli bloccavano la gambe, nel rialzarsi cadde a terra in avanti e incominciò a massaggiarsi la parte colpita e dolorante; la donna e l'altra guardia non fecero in tempo a capire cosa stesse accadendo che subito dopo anche l'altro poliziotto fu colpito dalla breccola e, anziché cadere a terra, crollò di peso sulla donna che si stava alzando dal letto. La donna impaurita perché non riusciva a respirare per il peso

dell'uomo che gli era caduto sopra strillava come una matta, non capiva cosa stava accadendo, poi con tutta la forza che aveva spinse in modo violento il ciccione che non riuscì a rimanere in piedi per via dei pantaloni calati e quindi ruzzolò sul terreno cadendo nella marrana.
I due ragazzi sempre ridacchiando raggiunsero la strada nascosti nell'erba. I tre sotto al ponte si guardavano intorno per capire chi avesse tirato i sassi e interrotto il loro divertimento. Una volta sulla strada Salvatore da sopra il ponte urlò:
"'A zozzoni, ve fanno male le chiappe eh!?"
"'A culi bianchi... 'a ciccione te sei rinfrescato le chiappe dentro la marana!"
I due amici corsero per i campi in direzione delle loro case, mentre da sotto il ponte i due uomini inveivano con una moltitudine di maleparole all'indirizzo dei due e dei loro genitori; anche la donna si unì imprecando:
"A fiji de 'na mignotta, si ve prenno v'ammazzo!"

Otello stava seduto sulla panchina e ripensando a quella scena iniziò a ridere da solo. Guardò l'orologio e vide che erano già le cinque, era giunta l'ora di andare a salutare Salvatore e chiamare per farsi venire a prendere. Prese il biglietto da visita del tassista e digitò il numero; Otello lo salutò e gli chiese se potesse passarlo a prendere. Il tassista gli disse di non muoversi dall'ossario.
Otello s'incamminò verso la costruzione con i suoi bagagli, una volta arrivato davanti al piccolo loculo si fermò in religioso silenzio, poi guardando la foto di Salvatore iniziò a parlare.
"Caro Salvatore, amico d'infanzia e fratello, dall'aldilà sei riuscito a farmi sapere la verità dell'improvvisa interruzione di corrispondenza che c'era tra di noi... Quanti progetti avevamo per il futuro delle nostre vite.

Io alla fine sono riuscito a fare ciò che volevo sin da bambino: il pompiere... sono certo che anche tu avresti portato a compimento il tuo sogno: quello di avere un bar tutto tuo, avevi le capacità professionali, sono certo che in America ci saresti riuscito... Ora ti voglio svelare il sogno che tutte le notti per tre mesi ho fatto fino all'incontro con Maria... ogni notte mi apparivi in sogno, parlavamo e ridevamo come facevamo spesso da ragazzi, poi, appena ti domandavo perché non mi avessi più scritto, tu iniziavi a parlare, ma dalla tua bocca non usciva voce e ti agitavi perché io non ti potevo capire, allora iniziavi a piangere e sparivi improvvisamente. Per tre mesi la stessa situazione, e io ogni notte rimanevo sempre senza una risposta alla domanda che ti facevo... fino a quando Maria quella sera a casa mia mi ha raccontato la verità... Quella notte, Salvatore, è successa una cosa strana, io ti ho sognato nuovamente, ma questa volta alla mia domanda la tua voce non è sparita, ridendo mi hai risposto: 'Otello non ti verrò più a disturbare la notte, finalmente hai saputo la verità, ora sai dove trovarmi e dove trovare altre risposte che mancano al compimento del puzzle della tua vita...'
Da quella notte non ti ho più sognato. Ho dovuto attendere tutti questi anni per sapere il vero motivo della fine della nostra corrispondenza e della tua morte da Maria la nipote di tua sorella Concetta che è venuta in America. Era già tutto scritto e tu dall'aldilà lo sapevi, hai atteso il momento giusto per farmi avere una risposta a ciò che mi tormentava da tanti anni, come mi avevi detto: era ora che unissi i pezzi del puzzle della mia vita e sono partito per venirti a trovare amico mio".
Improvvisamente squillò il telefono, Otello rispose e sentì che era il tassista che lo stava aspettando fuori

dall'ossario, gli disse che entro cinque minuti sarebbe sceso, guardò la foto del suo amico un'ultima volta.

"Ora devo andare".

Una volta sulla strada vide il taxi che era fermo proprio davanti all'uscita.

" Buonasera, tutto bene? "

"Si, grazie... Un po' stanco, ma tutto bene".

Aprì lo sportello della vettura, posò sul sedile i bagagli e si accomodò.

"Grazie per essere venuto a prendermi signor...?"

" Mi chiamo Giulio, signor... "

"Otello, mi chiamo Otello".

"Che strano!" disse con tono di sorpresa il tassista.

"Cosa c'è di strano nel mio nome?"

"Niente, pensavo a una cosa. Allora, Otello, dove la devo portare?"

"Vorrei trovare un albergo vicino la zona dove vivevo da ragazzo".

"Conosce il nome della zona o del quartiere?"

"Sulla Casilina, nei pressi dell'Alessandrino.

Il taxi lasciò la Flaminia e imboccò il raccordo anulare per dirigersi nella zona est di Roma, ma dopo pochi minuti si incolonnarono causa incidente stradale. Allora Giulio disse: "Ci risiamo, questo è uno dei soliti ingorghi che ci sono sul raccordo, il traffico è la rovina di questa città, è così ogni giorno".

"L'ho notato questa mattina quando mi portava al cimitero, è veramente caotico, peggio del Jersey".

Dopo una decina di minuti le auto ripresero a muoversi e Giulio domando a Otello: "Signore, io la posso portare in due ottimi alberghi: uno si trova sulla Prenestina e l'altro sulla Casilina, lei mi dica quale le è più comodo".

"Quello più vicino all'acquedotto Alessandrino".

Il taxi uscì dal raccordo e s'immise sulla Casilina, dopo pochi minuti si fermò davanti all'albergo e Giulio disse: "Siamo arrivati, signor Otello, questo è l'albergo, alla reception gli dica che la manda Giulio il tassista, anzi, non gli dica niente, vengo dentro anche io con lei".
"Ma no, non si scomodi signor Giulio, devo prendere una stanza solo per due notti".
"Ma quale scomodo, lei mi è simpatico, guardi che io non lo faccio per nessuno, con i clienti mi fermo all'indirizzo che mi dicono di portarli, e una volta giunti a destinazione mi prendo i soldi della corsa e saluti".
"Va bene, facciamo come dice lei".
Otello aprì lo sportello della vettura e scese, i due entrarono nell'albergo. Una volta all'interno, il responsabile della reception salutò amichevolmente Giulio, il quale contraccambiò. Poi gli presentò Otello e gli disse di trattarlo bene che era un suo amico venuto dall'America: riuscì a fargli prendere la suite al prezzo di una camera normale. Una volta effettuata la registrazione dei documenti e avuta la chiave della stanza, Otello accompagnò Giulio sulla porta dell'albergo per pagargli la corsa e disse: "Giulio, quanto le devo?"
"Aspetti che stampo la ricevuta così le dico il costo della corsa".
Giulio entrò nella vettura e dopo pochi secondi uscì con la ricevuta.
"Sono trentotto euro".
Otello tirò fuori dal portafoglio cinquanta euro e li passò a Giulio.
"Ecco qua e tenga il resto... grazie mille per la stanza che mi ha fatto prendere".
"Grazie a lei per la mancia, qualunque cosa le occorra ha il mio numero di telefono, mi chiami e in cinque minuti sarò da lei".

Otello prima di salutare Giulio, disse: "Giulio, le posso chiedere già da ora di tenersi libero per dopodomani mattina? Dovrà riportarmi al cimitero, e da lì poi all'aeroporto di Fiumicino, alle 15.00 ho il volo per New York".

"Certamente, lei mi dica solo a che ora vuole che la passi a prendere".

"Per le otto e mezza sarebbe perfetto".

"Va bene, sarò puntuale come un orologio svizzero... ah, senta: se questa sera non vuole cenare fuori può rimanere qui in albergo, hanno un ottimo ristorante".

"Ci penserò, grazie dell'informazione".

"Allora la saluto, ci vediamo dopodomani mattina, le auguro una bella serata".

"Anche lei, e grazie di tutto".

Giulio salì nel taxi e ripartì. Otello entrò in albergo, prese i suoi due bagagli e si diresse verso la camera; mentre saliva le scale una frase che gli aveva detto Giulio gli ritornava ripetutamente in mente: 'sarò puntuale come un orologio svizzero'. Aprì la porta della stanza, posò i bagagli e si sedette sul letto cercando di capire perché non riuscisse a togliersi dalla mente quella frase, poi si ricordò e disse: "Ma certo! L'orologio svizzero, me n' ero totalmente dimenticato della storia di Ciccio, il padrone del bar dove lavorava Salvatore..."

Capitolo IX

L'orologio svizzero

Nel 1961 Salvatore, presa la licenza elementare, iniziò subito a lavorare. Il papà aveva bisogno che portasse dei soldi a casa per aiutarlo a mantenere la famiglia; a quel tempo tanti bambini dopo la licenza elementare iniziavano a lavorare e lui fu uno di quelli. Trovò un posto in un bar al mercato rionale: inizialmente a lavare tazzine e bicchieri poi, essendo un tipo sveglio, lo mandavano per i banchi del mercato a prendere le ordinazioni. Era simpatico e riusciva a portare le consumazioni anche ai negozianti che non prendevano mai niente da Ciccio. Salvatore iniziava a lavorare dalle sei del mattino fino alle 14.00, sei giorni su sette per una paga iniziale di ottocento lire al giorno. Dopo il primo giorno di lavoro presso il bar di Ciccio, Salvatore non fece più colazione la mattina a casa con il tè e pane raffermo. Ciccio, che era il padrone del bar, apriva il negozio alle cinque e mezza la mattina per accendere la macchina del caffè e sistemare i cornetti, quando arrivavano al lavoro Salvatore e il dipendente che già lavorava presso di lui da qualche anno gli offriva la colazione: da quel giorno Salvatore iniziò a bere il caffellatte e a mangiare molto lievito, i risultati di quel cambiamento sul suo aspetto fisico non tardarono a vedersi. Otello invece s'iscrisse al primo anno di scuola media, suo padre aveva altri progetti per il figlio, voleva che diventasse geometra. Otello quell'estate, quasi ogni giorno, la mattina partiva da casa a piedi e camminava per quasi un'ora per andare a trovare Salvatore sul posto di lavoro. Quando giungeva al mercato, senza farsi vedere dal titolare di Salvatore, lo accompagnava tra i banchi a prendere le ordinazioni. Il titolare era siciliano, si chiamava Francesco, ma per tutti era Ciccio, aveva preso a ben volere Salvatore, forse perché anche lui del sud, e lo chiamava con il diminutivo *Turi*. Aveva una quarantina d'anni, di media statura e con i baffetti fini sul labbro. Emigrato dal sud una decina di anni prima era riuscito con il lavoro a crearsi un'attività in proprio. Oltre al bar gestiva anche una specie di "banca sociale" basata sul versamento di quote settimanali da parte dei soci che avevano comprato uno o più quote, più ne compravi e più pagavi, dopo un anno e mezzo si chiudeva la società e si dividevano tra i soci le quote settimanali versate durante l'anno, più gli interessi maturati dei prestiti fatte ai soci e a esterni alla società. Ogni socio era garante dei prestiti fatti ai non iscritti, il debito doveva essere restituito con gli interessi in venti settimane. In pratica erano finanziarie popolari che in quel periodo andavano di moda: era l'unico modo di accedere al credito per le persone disagiate e prive di garanzie che non potevano rivolgersi alle banche.

Tanti commercianti del mercato erano soci e per far crescere gli utili mandavo i loro conoscenti che avevano bisogno di denaro da Ciccio. In tanti sapevano di questo giro di soldi, e Ciccio pur di far aumentare il capitale ogni tanto si arrischiava a prestare denaro anche a chi non era socio, dietro la consegna di oggetti di valore che venivano restituiti a fine pagamento.

Come avvenne quel giorno di tanti anni fa. Una mattina si presentò al bar un signore con un ragazzino e iniziò a parlare con Ciccio che stava alla cassa; dopo un po' che chiacchieravano, l'uomo tirò fuori dalla tasca interna della

giacca un astuccio con dentro un orologio d'oro e lo mostrò a Ciccio il quale lo prese in mano e lo guardò, chiamò poi Salvatore che era intento a lavare bicchieri.
"Turi, vieni qua".
Salvatore uscì dal bancone: "Dite principa'".
"Aspetta 'n attimo Turi".
E rivolgendosi all'uomo: "Se pe' voi va bene prima che ve presto le quindicimila lire, vorrei ave' la conferma che l'orologio svizzero è tutto d'oro: sia la cassa ch'er bracciale, perciò mo' mando er ragazzo a vedere se c'è al negozio il mio amico orefice, artrimenti dovete ripassa' più tardi".
L'uomo acconsentì alla richiesta di Ciccio e proprio in quel momento il bambino, che avrà avuto dieci anni, iniziò a piangere: l'orologio era il suo regalo della prima comunione e non voleva che fosse venduto, il papà lo accarezzò è gli disse di non preoccuparsi che l'orologio era suo e non sarebbe stato venduto, ma era solo una garanzia per il prestito che gli doveva dare Ciccio, l'uomo riprese l'orologio dalle mani di Ciccio e lo rimise nel cofanetto facendolo tenere al bambino.
Allora Ciccio disse a Salvatore: "Turi, vai a vedere se c'è l'orefice, quello che c'ha il negozio fuori dal mercato e se c'è digli di aspettare che devo fargli vedere una cosa, sbrigate".
"Vado principa'", rispose Salvatore, che appena uscì dal mercato vide Otello che stava giocando con un picchio sul marciapiedi e lo chiamò. Mentre i due si recavano dall'orefice, Salvatore gli raccontò il motivo di quell'uscita e la disperazione del bambino per il suo orologio d'oro. Giunti davanti al negozio Salvatore entrò e riferì all'orefice l'ambasciata di Ciccio, e con l'occasione il negoziante gli ordinò anche un caffè. Uscito dal negozio, si riunì con l' amico e si avviarono verso l'interno del mercato. Otello si fermò qualche banco prima del

bar per non farsi vedere dal titolare di Salvatore che entrato nel bar disse a Ciccio: "Principa', l'orefice ha detto che v'aspetta, ma ve dovete sbrigà che cià da fà".

"Bene, allora potemo annà".

I tre stavano uscendo dal negozio quando Salvatore disse a Ciccio: "Principa', l'orefice m'ha ordinato un caffè, che je lo volete porta' voi?"

"No Turi, portajelo te, io ciò da fa' co' 'sto signore". I tre uscirono dal bar. Salvatore si fece preparare il caffè dal collega, prese il vassoio con il caffè, uscì dal mercato e chiamò Otello.

"Otello, devo portà 'r caffè all'orefice, che fai vieni co' me o m'aspetti qua?"

"Vai te, io aspetto qua, nun vojo che me vede' er principale tuo".

L'amico si avviò verso il negozio dell'orefice con il caffè, una volta entrato appoggiò il vassoio ad un angolo del bancone, il negoziante prese il caffè e disse a Salvatore: "Aspetta che te riporti via la tazzina".

Mentre aspettava, Ciccio, l'uomo e il figlio si apprestavano a uscire dal negozio e intese Ciccio dire all'uomo: "Allora mò che ciò la conferma che l'orologio è svizzero e tutto d'oro te posso dà le quindicimila lire in prestito, ma bada bene quello che te dico: sì nun me restituisci tutti i soldi in venti settimane nun lo rivedi più".

A sentire quella frase il figlio dell'uomo iniziò a piagnucolare, aveva paura di perdere il suo orologio d'oro della prima comunione. Salvatore uscì appresso a loro. Fuori dal negozio il ragazzo non si calmava e all'improvviso iniziò a strillare che l'orologio era suo, e con un rapido gesto strappò l'astuccio dalle mani di Ciccio e iniziò a correre fino a sparire dietro l'angolo del palazzo; il padre sorpreso da quella reazione lo inseguì sino a sparire anche lui dietro l'angolo del palazzo. Dopo un po' i due

ritornarono, l'uomo teneva il ragazzo per mano e lo accarezzava; Ciccio era rimasto per un momento sorpreso dalla reazione del ragazzo, il papà si avvicinò a Ciccio dicendogli di scusarlo per il comportamento di suo figlio e disse al ragazzo di dare l'orologio a Ciccio, che appena preso il cofanetto lo aprì per verificare se l'orologio era ancora all'interno. Una volta controllato che era tutto a posto cercò di rassicurare il ragazzo, dicendogli che l'orologio gli sarebbe stato restituito appena il papà avesse saldato il prestito. Salvatore aveva visto tutta la scena ed era rimasto turbato nel vedere quel bambino costretto a privarsi provvisoriamente del suo orologio d'oro, e si avviò verso l'entrata del mercato dove c'era il suo amico che lo aspettava, dietro di lui a una cinquantina di metri c'era Ciccio con l'uomo e il ragazzino che si dirigevano verso l'entrata del mercato. Otello appena vide Salvatore gli disse: "Sarvato', ma quei due che stanno co' Ciccio so' quelli dell'orologio?"
"Si, so' loro, padre e fijo", rispose Salvatore.
"Ma quale padre e fijo, quello che dice d'esse er fijo nun ce l'ha er padre, j'è morto quanno lui ciaveva du' anni".
"Ma che me stai a di', perché lo conosci?"
"L'ho conosciuto durante er catechismo, se chiama Diego, ma tutti lo chiamano er lenticchia pe' le lentiggini che cià in faccia, la madre è 'na mezza matta... vivono dentro 'na casetta vicino la Casilina... quello se mette sempre 'n mezzo l'impicci: 'n giorno mentre eravamo in chiesa ar catechismo, co' la scusa de anna' ar bagno era entrato in sacrestia pe' frega i sordi dell'elemosine, solo che j'ha detto male, mentre stava a apri' la cassetta è entrato er vice paroco: 'n gesuita arto du' metri che j'ha rifilato du' sganassoni sulla capoccia che si ricorderà pe' tutta la vita".
"E allora Ote' chi è quello che dice d'esse' er patri?"

"E che ne so' Salvato', certo che pe' fasse passa' per fijo de quello stanno a fa' quarche 'mpiccio".

I tre ormai erano vicini all'entrata allora Otello disse a Salvatore: "Vie dentro, annamo dietro quei banchi artrimenti Diego me vede parla' co' te".

Mentre i due ragazzi si allontanavano Otello disse: - Salvato' me sa che quei due vonno frega' a Ciccio".

"Dopo quello che m'hai detto lo penso pure io, come potemo fa' pe' avvisa' er principale mio senza fasse capi' da quei due?"

"Salvato', dovemo da inventasse quarcosa ar volo, prima che entrano ar bar".

"E che te voi 'nventa Ote', ormai so' arivati ar mercato".

"Io 'na mezza idea ce l'ho, tu vai tranquillo dentro ar bar e fai finta de gnente, poi appena li vedo entra' arivo io".

"E che voi fa'?"

"Vai e nun te preoccupa', sbrigate".

Salvatore corse al bar, entrò un attimo prima che arrivassero i tre, si mise dietro al bancone e, facendo finta di niente, iniziò a lavare i bicchieri. Quando i tre entrarono nel bar, Ciccio passò dietro la cassa con l'astuccio in mano per prendere i soldi da dare all'uomo; in quel momento sulla porta del bar arrivò Otello che, rivolgendosi al ragazzo che gli dava le spalle, disse: "'A Diego, com'è che stai qua?"

Il ragazzo, sentendosi chiamare per nome, di riflesso si girò e appena vide Otello sbiancò; non gli rispose, si girò guardando il suo compare come per dire: "Questo me conosce, che famo?"

Otello gli mise una mano sulla spalla: "'A Diego, ma che nun me riconosci? So' Otello!"

Ma il ragazzo non rispondeva.

"Ah, ho capito, stai a lavora'".

L'uomo che diceva di essere suo padre si rivolse verso Otello con fare minaccioso.

"'A regazzi' lascia perde' mi fijo, nun è l'amico che dici de conosce, perciò vedi d'annattene".

"Me ne vado, me ne vado, però tu nun sei er padre de Diego, perché je morto tanti anni fa: te saluto Diego".

Tutta la scena avveniva sotto gli occhi di Ciccio che ascoltava i discorsi dei tre da dietro la cassa, quando sentì dire dal ragazzo che il padre di Diego era morto molti anni prima disse a Otello: "'A pische' 'ndo vai, fermate 'n'attimo, vie qua, famme capì: perché hai detto che quello nun è er padre de quer regazzino?"

"Perché è morto tanti anni fa", rispose Otello.

"E te che ne sai ch'er padre è morto tanti anni fa?", disse Ciccio.

"Me l'ha detto lui, annavamo ar catechismo insieme, infatti er giorno della prima comunione er padre in chiesa nun c'era".

Allora l'uomo che diceva di essere il papà di Diego con fare minaccioso disse a Otello: "'A regazzi', ma che te stai a 'nventà, allora nun hai capito: io so' er padre, e mi fijo nun è quello che dichi te, perché se chiama Claudio, forse rassomija all'amico tuo".

"Sì, vabbe', è come dici te".

Intervenne Ciccio e, rivolgendosi all'uomo con tono arrabbiato, insistè: "Ahò, famme capi': ma questo è tu' fijo sì o no? Perché si è tu' fijo nun ce so' probblemi, ma si nun è tu' fijo vordi' che te me voi fa la sola e allora io te pisto come l'uva".

E mentre usciva da dietro la cassa l'uomo disse a Diego: "Scappa Diego, scappa!".

I due con uno scatto felino uscirono dal bar puntando verso l'uscita del mercato. Ciccio nella fretta di corrergli dietro inciampò e cadde a terra, Salvatore e Otello aiutarono Ciccio a rialzarsi mentre imprecava verso i due fuggitivi.

"Mortacci vostra, me volevano truffa'... a regazzi' meno male che sei passato te, artrimenti c'ero cascato e avrei perso quindicimila lire, come te chiami?"
"Otello", rispose Salvatore.
"E te come fai a sape' er nome suo?" disse Ciccio.
"Perché è 'n amico mio", rispose Salvatore.
"So' passato per mercato pe' saluta' Salvatore, e quanno stavo a entra' dentro al bar ho visto Diego".
"A te oggi qua te cià fatto passa' Santa Rosalia", disse Ciccio guardando l'immagine della santa che aveva sul muro dietro la cassa e gli mandò un bacio.
"A regazzi', oggi m'hai sarvato, so' sicuro che l'orologio che c'è dentro la custodia è 'na copia fatta bene, ma falsa".
Disse Salvatore: "Principa', pe' me pure è falso, l'hanno scambiato co' quello vero quando Diego ve l'ha levato dalle mani fora dall'oreficeria e è scappato, quello che diceva d'esse' er padre j'è corso appresso e dietro l'angolo der palazzo hanno cambiato l'astuccio".
"C'hai ragione Turi, hanno fatto lo scambio in quer momento e si nun era pe' l'amico tuo mò quei due stavano a cojonamme co' le quindicimila lire mia in tasca... l'avevano studiata bene 'sti cornuti".

In quel momento squillò il cellulare e Otello lo prese e vide che era Sonny.
"Sonny, che piacere sentirti... tutto bene, grazie... si sono stato alla tomba di Salvatore, ho trascorso tante ore al cimitero e mi sono riaffiorati tanti ricordi delle nostre avventure di gioventù... Ora mi trovo in albergo, a proposito, questa mattina sono stato proprio fortunato: alla stazione ho preso un taxi per andare al cimitero e ho fatto amicizia con il tassista, una persona in gamba, si chiama Giulio, pensa è riuscito a farmi prendere una suite al prezzo di una camera normale... stai tranquillo è una

brava persona, si è messo a mia disposizione anche per portarmi all'aeroporto di Fiumicino dopodomani... Certo che mi fa piacere se vieni a prendermi quando arrivo... No, non ho ancora cenato, l'albergo è vicino al quartiere dove sono cresciuto... molto caldo, oggi era insopportabile, quando finiamo di parlare mi faccio una bella doccia per riprendermi, e poi esco alla ricerca di un ristorante...certo che sì, ho voglia di riassaggiare i sapori della cucina romana... Ok. Sonny, salutami Maria, ciao a presto".
Chiusa la telefonata con Sonny, Otello sistemò i suoi bagagli e si avviò verso il bagno per lavarsi.

Capitolo X

La vecchia trattoria

Dopo mezz'ora Otello era pronto per uscire. Chiuse la porta della camera e scese le scale, lasciò le chiavi della camera alla reception e dopo pochi passi si trovò in strada. Il sole era da poco tramontato e l'aria era ancora calda: la classica serata estiva romana di fine agosto. Si guardò intorno per capire da che parte andare, in lontananza vide la sagoma dell'Acquedotto Alessandrino e decise di dirigersi in quella direzione. Mentre camminava lungo il vialone, cercava di ricordare quei luoghi e quelle strade che sicuramente da ragazzo aveva attraversato più volte. Gli anni passati erano tanti, ma a mano a mano iniziava a riconoscere i caseggiati più vecchi, in prossimità dell'acquedotto si ricordò di una trattoria, dove ogni tanto da ragazzo andava a mangiare la pizza con famiglia. Entrò in una strada laterale, e dopo pochi passi arrivò su una piccola piazza, riconobbe il palazzo dove doveva trovarsi il locale che cercava, ma al suo posto ora c'era una nuova attività commerciale. Otello non si scoraggiò, molte cose nel tempo erano cambiate, e prima di mettersi alla ricerca di un altro ristorante per cenare, si ricordò che a poche centinaia di metri doveva esserci una trattoria, dove lui e Salvatore la domenica sera andavano a mangiare la pizza, che il più delle volte gli offriva il suo amico che aveva più disponibilità economiche dal momento che lavorava. Otello la domenica riceveva dal papà i soldi per pagare il cinema della parrocchia e per prendere un gelato o un calzone in friggitoria di cui ne era ghiotto. Dopo poche centinaia di metri arrivò in prossimità del luogo dove doveva trovarsi la trattoria, e con sua sorpresa vide che era ancora lì, aveva mantenuto sull'insegna il nome che ricordava: "Da Peppe, cucina romana". Otello era emozionato, aspettò un momento prima di entrare nel locale, poi vide degli avventori accedere e si accodò a loro. Una volta entrato nel locale si guardo intorno e notò subito dei cambiamenti, la sala all'interno era stata ammodernata sia nell'arredo che nella pavimentazione, l'antico pavimento in cotto era stato sostituito dalle piastrelle in gres, solo il bancone e il frigo degli alimenti ancora facevano parte del vecchio arredamento. Era contento di ritrovarsi dopo tanti anni in quel locale, aveva una voglia matta di mangiare i bucatini all'amatriciana fatti in Italia, anzi a Roma, l'unico dubbio che aveva era capire se il padrone fosse ancora Peppe. In America aveva avuto occasione di mangiarli in qualche locale italiano, ma raramente era rimasto soddisfatto. Gli ultimi bucatini che aveva mangiato di gusto, erano quelli che gli aveva cucinato la mamma una decina di anni prima. Dopo un po' arrivò al tavolo un giovane cameriere per prendere l'ordinazione. Otello approfittò dell'occasione e domandò al cameriere che fine avesse fatto Peppe, il ragazzo gli rispose che Peppe era suo nonno, era morto una quindicina di anni prima, suo padre aveva preso in mano la gestione del locale per portare avanti la tradizione della cucina romana: ormai era la terza generazione che si alternava in quella vecchia villetta dei primi del 1900. Il cameriere gli passò il menù per leggere le proposte culinarie del locale, ma lo richiuse subito: era venuto per mangiare i piatti della tradizione romana, perciò il menù non gli occorreva. Iniziò con l'ordinare il classico antipasto all'italiana di affetta-

ti, formaggi e sottaceti, per primo i bucatini all'amatriciana, poi chiese se c'era la trippa alla romana, il ragazzo confermò la disponibilità e ordinò anche quella, da bere mezzo litro di vino bianco della casa.
Vide due ragazzi seduti poco distante da lui. Quell'immagine dei due giovani gli fece ricordare l'ultima volta che era venuto a mangiare in questo locale con Salvatore; quella domenica sera i due fecero al povero Peppe una mascalzonata che non si sarebbe mai aspettata.

Capitolo XI

L'Eur e la cena

Come ogni domenica, dopo pranzo, Salvatore passò a prendere con la sua vespa Otello al vecchio rudere e gli disse: "Ote' oggi nun annamo ar pitochietto dai preti a vedè 'n firm, oggi me vojo divertì alla granne: ieri ar bar co' l'artro collega avemo aperto er barattolo delle mance dell'urtimi tre' mesi e se semo steccati quindicimila lire a testa".

"Beato te Salvato', so' proprio tanti sòrdi... oggi io me sentivo 'n signore, mi' padre s'è impazzito e m'ha dato ottocento lire: ciò cinquecento lire in più dell'artre domeniche, e do' voi anna' co' tutti 'sti sordi?"

"All'Eur, me vojo fa' 'n sacco de giri sulle montagne russe e sulla rota panoramica, e poi abbuffamme de bombe fritte: dai, sali e annamo, oggi se divertimo alla grande".

"A Sarvato', te diverti tu, forse nun hai capito: io ciò solo ottocento lire".

"Ahò, i sòrdi so' pe' tutti e due, forza sali".

Otello salì sul sellino della vespa e Salvatore partì come un razzo. La vespa s'impennò e lui che era seduto dietro rischiò di cadere. Salvatore era talmente eccitato di andare alle giostre dell'Eur che in strada commise le peggiori infrazioni. Sulla Colombo passò ripetutamente con i semafori rossi più di una volta, per puro caso non ebbero incidenti con altri veicoli. Per una volta poteva divertirsi su quelle attrattive, quel giorno sarebbe stato lui a vivere l'emozione delle giostre di quel luna park. Aveva le tasche piene di soldi e non vedeva l'ora di spenderli insieme al suo amico. Arrivati al parco dei divertimenti dell'Eur, Salvatore parcheggiò la vespa in un posto sicuro per evitare che gli fosse rubata. I due amici entrarono in uno dei tanti accessi del parco divertimenti; li accolse un turbinio di persone festanti e una musica assordante che proveniva dalle varie attrazioni che c'erano nel parco. I due amici si recarono subito al chiosco delle ciambelle e bombe calde, ne presero mezza dozzina, si misero seduti su una specie di panchina e soddisfatti iniziarono a mangiare quelle prelibatezze. Si recarono al chiosco dello zucchero filato e ne presero uno per uno. Poi, sazi e soddisfatti di corsa si recarono alla biglietteria delle montagne russe. Era la prima volta che i due amici salivano sopra i vagoni di quell'imponente struttura che gli avrebbe fatto provare attimi di paura. Già in passato erano stati in quel parco dei divertimenti, ma solo per vedere le altre persone divertirsi su quelle giostre, non si erano mai potuti permettere i biglietti per quelle attrazioni. Le uniche giostre che avevano frequentato sino a quel momento erano quelle che una volta l'anno venivano nel quartiere per la festa del santo patrono della chiesa. La maggior parte delle volte si potevano permettere qualche giro sulla giostra dei calci in culo. Otello aveva una paura pazzesca, mentre l'amico non vedeva l'ora di provare quell'ebbrezza.

Arrivati sul punto più alto della struttura il trenino si fermò prima che iniziasse la discesa, i due si guardarono e Salvatore vedendo il suo amico teso gli disse: "Ote', ce semo, preparate alla discesa, si c'hai paura chiudi l'occhi... Oh, m'ariccomanno: nun te caca' sotto artrimenti sporchi tutti quelli che te stanno dietro" e si mise a ridere "Pensa pe' te Sarvato'", rispose Otello, mentre si faceva il segno della croce e stringeva le mani all'impugnatura del vagone.

Il trenino partì all'improvviso e si tuffarono a testa in giù su quei binari: le urla di Otello si unirono a quelle delle persone terrorizzate che avevano preso posto su quel convoglio, da quel momento in poi ebbe inizio il loro pomeriggio folle tra le attrazioni del parco giochi. Alla fine spesero sia i soldi di Salvatore sia le poche lire che aveva Otello. Erano quasi le sette di sera quando uscirono dal parco, ripresero la vespa dal parcheggio e partirono in direzione del loro quartiere, arrivati Salvatore disse: "Ote' m'è venuta 'na fame".

"Pure io ciò fame, ma nun ciavemo più neanche cento lire: si nun spennevamo tutti i sordi alle giostre potevamo anna' da Peppe e magnasse 'na bella pizza alla capricciosa".

"E mica ce vonno pe' forza i sòrdi pe' magnasse 'na pizza da Peppe" disse Salvatore.

"Come sarebbe a di', che nun ce vonno i sòrdi pe' magna la pizza da Peppe?"

"Vojo di' che ce so' artri modi pe' anna' da Peppe e mettese tranquilli seduti ar tavolo e magnasse la pizza come tutte le domeniche".

"Sarvato,' quanno te porta er conto che je dici: a Peppe nun ciavemo 'na lira, te pagamo la prossima vorta... lo sai lì carci in culo che ce rifila, lassa perde, io preferisco anna' a casa e pe' 'na domenica rinuncia' alla pizza... anziché pijà le pizze da Peppe".

"A Otè, fidate de me" e gli spiegò il piano".

Otello fu interrotto dall'arrivo del figlio di Peppe che gli portava l'antipasto e gli disse: "Ecco qua, le ho preparato un antipasto bello ricco come aveva chiesto a mio figlio, spero che le vada bene?"

"Benissimo, a vederlo mi ricorda quelli preparati da suo Padre".

"Lei conosceva mio padre?"

"Si, da ragazzo venivo spesso con un mio amico a mangiare la pizza in questo locale, pensi che dall'ultima volta che sono venuto in questo locale è passato più di mezzo secolo".

"È tanto tempo, quasi la mia età, io ho cinquantatré anni"

"Già, quasi la sua età".

"Non vive più a Roma?"

"No, sono emigrato quando avevo quindici anni con tutta la mia famiglia per gli Stai Uniti".

"Eppure, quando prima l'ho vista ho avuto l'impressione di conoscerla, forse somiglia a qualche cliente, ma non mi ricordo a chi".

"Oggi è la seconda persona che mi dice la stessa cosa, succede spesso che incontriamo una persona e pensiamo di conoscerla".

"Io comunque io mi chiamo Salvatore", Otello sentendo il nome dell'uomo per un momento rimase in silenzio, poi disse: "Io Otello".

Salvatore disse: "Otello, qualunque cosa le occorra chiami mio figlio, buon appetito".

"Grazie".

L'uomo andò via e Otello iniziò a pensare se anche in questa storia del nome ci fosse lo zampino di Salvatore: il figlio di Peppe che si chiamava come il suo amico e gli anni corrispondevano a quelli della sua morte.

Poi notò in un angolo del locale una vetrinetta con all'interno dei trofei e delle foto di un pilota di moto, ma data la distanza non riusciva a vedere bene quelle immagini, incuriosito si alzò dal tavolo e si avvio per vedere da vicino le foto e riconobbe Salvatore il padrone del locale, con la tuta sul podio in parecchie di quelle foto. Per un momento gli si gelò il sangue: anche Salvatore era stato in gioventù un patito della velocità e quei trofei ne erano la prova. Scuotendo la testa alzò gli occhi al cielo, si recò al suo tavolo e iniziò a mangiare. Mentre si gustava il cibo, vide il nipote di Peppe che portava a un tavolo poco distante dal suo una caraffa da un litro di vino: quel tipo di caraffa che suo nonno, molte volte, portava piena di vino sulla sua testa quando serviva i clienti. Peppe aveva una conformazione del cranio piatta e la caraffa non si spostava, sembrava incollata alla sua testa; questa immagine lo riportò a ricordare il seguito di quella sera. Quando entrarono in trattoria, i due amici si sedettero a uno dei primi tavoli del piccolo locale, proprio davanti al bancone, dove il pizzaiolo preparava le pizze che poi passava a Peppe che le metteva nel forno. Quella di sedersi lì davanti fu una scelta meditata, per mettere in bella vista il giubbino e il maglione appesi sugli schienali delle loro sedie. Oltre alla pizza, quella sera ordinarono altri tipi di cibo, come si dice a Roma: si abbuffarono, mangiarono per quattro persone; l'oste non poteva sospettare niente, anche perché erano clienti. La piccola trattoria quella sera era piena di gente, c'era tanta confusione tra clienti interni e quelli che aspettavano le pizze da portare via. Salvatore senza farsi sentire disse a bassa voce: "Ote', questo è er momento bono pe' svignassela, esci prima te, poi io te raggiungo... Oh, mariccomanno, prima de scavarca guarda si nun te vede quarchiduno, artrimenti ciabbuscamo 'n ber po' de sganassoni" rispose Otello indispettito. "Tranquillo, mica so' rincojonito... si nun me vedi rientra' tra 'n par de minuti vordì che già sto fòri 'ndò sta la vespa". Si alzò e con disinvoltura nella confusione uscì dalla porticina che dava sul cortile dov'era il bagno. Salvatore era seduto con il volto davanti al bancone dove preparavano le pizze, girò la testa per controllare se il suo amico fosse rientrato, poi si voltò verso Peppe e vide che era

impegnatissimo a infornare le pizze: l'unico cameriere
che aveva faceva la spola tra la cucina e i tavoli dei
clienti. Capì che quello era il momento giusto per alzarsi e scappare dal giardino, con calma si alzò e si avviò
verso la porticina che dava sul cortile, l'aprì e si ritrovò
nel giardino, controllò che non ci fosse gente fuori e con
agilità scavalcò la recinzione, una volta sulla strada di
corsa si recò presso la vespa dove lo attendeva il suo
amico. Salvatore la mise in moto, e partirono a razzo.
Mentre guidava Salvatore ridendo disse:
"Ote', hai visto quanto è stato facile, avemo magnato a
sbafo, e quanno me rivede più Peppe".
"E mica solo te Salvato', manco a me, me rivede più,
meno male che nun sa 'ndò abbitamo", e si misero a ridere.
Quella sera lui e Salvatore correvano con la vespa per le
vie del quartiere convinti di aver fatto una gran cosa a
discapito di Peppe, si credevano furbi per la loro impresa ai danni del povero oste. Per dei ragazzi come loro
nati in periferia, c'era una sola regola, l'essere umano si
divideva in due fronti: i furbi e gli stupidi, ogni azione ai
danni delle altre persone era fatta senza porsi nessun
tipo di onestà morale, ma era importante far valere solo
la loro capacità al cospetto degli amici, senza pensare
alle conseguenze possibili delle proprie azioni. I loro genitori non seppero mai niente della loro impresa, erano
persone oneste e non avrebbero mai compreso la bravata che i loro figli avevano fatto.

Capitolo XII

La confessione

Otello finì di mangiare la sua cena, era soddisfatto di aver potuto riassaporare quei profumi e sapori dei cibi della cucina romana, ma ora ripensando a quella truffa fatta al povero Peppe ne sentiva vergogna, ritenne opportuno che era il momento giusto per saldare il conto di quella mascalzonata fatto tanti anni prima e chiamò il figlio di Salvatore. Il ragazzo arrivò al tavolo e gli disse: "Dica, desidera qualcos'altro?"

"No, grazie, è andato tutto bene, non mangiavo così da anni... puoi dire a tuo padre di portami il conto che gli devo parlare, grazie".

"Certamente".

Il ragazzo si girò e si recò in cucina. Dopo qualche minuto Salvatore uscì con il conto in mano e si fermò davanti al tavolo di Otello e disse: "Mio figlio mi ha detto che le portassi il conto perché mi deve parlare".

"Esatto, se non le crea problemi con il suo lavoro mi farebbe piacere scambiare due chiacchiere con lei, Salvatore".

"Nessun problema: mi dica?"

"La prego si accomodi", Salvatore prese una sedia e si sedette al tavolo di Otello e poi disse: "Se mi ha fatto accomodare al suo tavolo vuol dire che è una cosa seria".

"Molto seria, devo saldare un vecchio debito che avevo in sospeso con suo padre prima che partissi per l'America".

"Addirittura, e che sarà mai signor Otello, non mi dica che è venuto dall'America solo per saldare questo buffo che aveva con mio padre".

"No, sono tornato per un altro motivo che mi assillava da più di cinquant'anni... poco fa, mentre cenavo, mi è tornato alla mente un episodio avvenuto in questo locale poco prima che io partissi... Salvatore, quello che ho fatto in quel periodo della mia giovinezza ai danni di suo padre è stata proprio una mascalzonata".

"Mio padre non mi ha mai raccontato di aver subito una rapina".

Otello iniziò a raccontare il vero motivo del suo viaggio in Italia, e poi passò al racconto che riguardava Peppe, il padre di Salvatore. La chiacchierata tra i due fu abbastanza lunga, interrotta ogni tanto da qualche battuta di Salvatore e del figlio che, uscito l'ultimo cliente, aveva preso una sedia e si era unito al tavolo dei due portando con sé una bottiglia di limoncello.

"Salvatore, questo è quello che è successo quella sera, le chiedo di accettare a nome di suo padre le mie scuse per quella nostra bravata di gioventù. Vede... questa sera avrei potuto tranquillamente cenare e andare via, ma mi sarei sentito doppiamente in colpa per aver avuto l'occasione di saldare il mio conto e non averlo fatto".

"Signor Otello, le accetto volentieri, per quel poco che la conosco la ritengo una persona seria, altrimenti come ha detto lei: poteva tranquillamente evitare di raccontare questa storia... Comunque quella vostra bravata ha lasciato un segno nel futuro di questa attività, ora le voglio far vedere una cosa".

Salvatore si alzò dalla sedia e si diresse dietro al bancone, aprì l'anta di un mobiletto che era di fianco al vecchio frigorifero da dove tirò fuori un giubbino e un maglioncino ingialliti dal tempo: erano quelli che Otello e

Salvatore avevano lasciato sulle sedie tanti anni prima, si avviò al tavolo da Otello e mostrandoli disse: "Li riconosce? Sono il maglioncino e il giubbetto che avete lasciato quella sera sulle sedie". Otello non potè credere ai propri occhi. Gli indumenti che avevano lasciato lui e Salvatore molti anni prima erano davanti a lui: "Li avete tenuti da parte per tutti questi anni, come mai?"

"Deve sapere che mio padre da quell'esperienza imparò tante cose: quando fui più grande mi raccontò quello che avvenne quella sera. Le posso dire in tutta serenità che papà non era arrabbiato con voi due dello scherzo che gli avevate fatto, anzi, gli avete aperto gli occhi ad eventuali altre truffe che provarono a fargli in futuro con il giochetto dei vestiti".

"Mi sta dicendo che la nostra bravata lo ha salvato da altre truffe?", disse incredulo Otello.

"Certamente. In quel periodo qui era piena periferia e ai ragazzi gli espedienti per andare avanti non mancavano: da quella volta, quando arrivavano gruppi di giovani a mangiare la pizza, papà li teneva d'occhio per capire che intenzioni avessero... se vedeva alzare dalle sedie più di una persona con la scusa del bagno, e avevano lasciato i loro capi di abbigliamento sulle sedie, attendeva qualche minuto, poi con l'aiuto del cameriere si recava al tavolo e bloccava l'ultimo che era rimasto: o pagava il conto di tutta la tavolata o chiamava la polizia".

"Salvatore, dopo quello che mi ha raccontato mi sento meno in colpa, posso solo dire che non tutti i mali vengono per nuocere".

"Da un certo punto di vista sì, infatti ha tenuto da parte i vostri abiti per mostrarli a ogni cameriere che iniziava a lavorare con lui come monito: di tenere sempre gli occhi aperti durante il lavoro. Papà diceva: il cliente è il padrone, ma le fregature sono le mie".

"Aveva ragione suo padre... Salvatore le posso chiedere un favore?"

"Mi dica".

"Immagino che per lei quei vestiti siano come un cimelio, è disposto a darmeli, mi piacerebbe portarli con me in America come unico ricordo del mio amico".

"Certo, alla fine è roba sua, anche se per qualche motivo dopo la morte di papà non me la sono mai sentita di liberarmene: lei non sa quante volte ho aperto lo stipetto per disfarmene, puntualmente ogni volta mi bloccavo e richiudevo lo sportello... forse aspettavo che arrivasse lei per liberarmene".

Salvatore si alzo e andò al bancone, prese una busta e ritornò al tavolo, riprese il maglioncino con il giubbino e li mise al suo interno e disse: "Ecco qua, signor Otello", e gli passò la busta con i capi di abbigliamento.

"Grazie mille, ora è arrivato il momento di pagare il conto di questa sera, mi dica quant'è?", Salvatore gli passò la fattura, Otello guardò l'importo, tirò fuori cento euro dal portafoglio e disse: "Ecco, prenda, il resto lo tenga come pagamento di quella serata".

"Lasci perdere, il debito era con mio padre , mi paghi solo la cena di questa sera... e poi sono passati tanti anni che non è proprio il caso... a me è bastato sentire la sua storia per capire che è stata solo una bravata di gioventù, tutti ne facciamo da giovani, sapesse quante ne ho fatte io da ragazzo quando facevo le gare con la moto".

Otello evitò di fare domande riguardo la moto, aveva paura di ascoltare cose che lo avrebbero turbato: Salvatore aveva la stessa passione del suo amico, l'età corrispondeva agli anni passati dalla sua morte, e poche ore prima gli aveva detto che era un viso familiare: bevve un sorso d'acqua e poi disse: "Allora facciamo così: il resto lo dia a suo figlio come mancia per il servizio".

"Ma sono sessanta euro, mi sembra veramente eccessiva una mancia del genere".

"Non si preoccupi, va bene così".

Ormai era mezzanotte passata e Otello era molto stanco, prese la busta e si alzò dal tavolo per andare via e disse: "Salvatore, la saluto e la ringrazio di cuore per gli abiti, per me è stato un piacere gustare i suoi cibi eccezionali e averla conosciuta".

Otello uscì dal locale felice di essersi levato un peso dalla coscienza. Guardò il cielo e iniziò a camminare verso l'albergo accompagnato dalla fioca luce di un quarto di Luna in una notte romana di fine agosto.

Capitolo XIII

Il truffatore

Otello si svegliò intorno alle otto del mattino, scese dal letto e aprì le tende che oscuravano la finestra. La luce di un sole accecante lo colpì negli occhi ancora assonnati, si coprì con la mano il volto per ripararsi da quel bagliore e si recò in bagno per lavarsi. Mezz'ora dopo era pronto per uscire, chiuse la porta della camera, scese le scale e si recò nella sala adibita per la colazione: un ricco buffet era davanti a lui, prese un piattino dove ci mise alcune fette di torta di mele, del latte e un caffè, poi si sedette a un tavolo e iniziò a fare colazione. Il suo programma del giorno era quello di recarsi nel quartiere dove aveva vissuto per quindici anni: rivedere la casa dove aveva vissuto la sua infanzia, sempre che non fosse stata abbattuta, le strade e i campi dove scorrazzava con il suo amico; la scuola e tutti quei luoghi che potessero fargli ricordare i momenti felici di quel periodo della sua vita. Terminato di fare colazione, si alzò dalla sedia e si avviò verso l'uscita dell'albergo. Una volta fuori, si ritrovò sulla strada che aveva percorso la sera prima e si guardò intorno, con la luce del giorno riconobbe alcune costruzioni e posti che frequentava da ragazzo, come la torre di vedetta romana ormai circondata da palazzoni e strade, anche se i campi erano ormai cementificati, era ancora su quella collinetta da quasi duemila anni a svolgere il suo compito di torre d'osservazione per gli invasori. Quante pasquette e ricorrenze del primo maggio aveva festeggiato in quel luogo con i suoi genitori. Anche se la loro abitazione non era molto distante da quel posto, per loro era sempre la famosa scampagnata fuori porta, e molte famiglie si ritrovavano in quel lembo di campagna romana ormai circondata da edifici in costruzione. Per un momento, come in un film recuperò le immagini dalla sua memoria, e si rivide correre insieme alle sue sorelle appresso a un pallone, con il papà che faceva il portiere tra i pali di una fantomatica porta fatti di pezzi di legno piantati nel terreno. Mentre loro si divertivano a giocare, la mamma pensava ad apparecchiare sull'erba una tavola improvvisata per l'occasione: stendeva sul prato un plaid e sopra di esso una tovaglia che riempiva di cibo e bevande, poi tutti insieme si accomodavano alla meglio e iniziavano a mangiare. Ogni metro del prato si riempiva di gente; chi giocava a corda, chi cucinava sulla brace, il vociare festante delle persone era dominante sugli altri rumori e ogni tanto passava il fusajaro con i lupini o il venditore di palloncini. Quelle giornate di festa trascorrevano in allegria giocando con le sorelle e altri bambini, restavano lì sino al calar del sole e pian piano quel prato che fino a poco prima era pieno di famiglie si svuotava, rimanevano solo le coppiette di innamorati per pomiciare al primo buio della sera. Quei giorni di festa erano gli unici momenti in cui poteva giocare con suo padre. Otello decise di non avviarsi più verso l'acquedotto e costeggiarlo, ma di proseguire sulla Casilina camminando parallelo al binario della vecchia linea del trenino ormai dismessa, dove c'era ancora la vecchia tabella della fermata direzione Laziali Termini. Quel trenino l'aveva preso moltissime volte con i suoi genitori per andare in centro, e un anno durante il mese di agosto per ben due volte prese quello che arrivava a Fiuggi. Era un viaggio interminabile: il trenino passava per alcuni paesi dei monti Prenestini e saliva di quota sino ad arrivare ai settecento metri di Fiuggi. Il papà un anno non era stato molto bene a causa di una infezione delle vie urinarie, e il medico di famiglia gli aveva consigliato di bere l'acqua di Fiuggi. Così decise di approfittare del periodo della settimana di ferragosto, quando anche i cantieri erano chiusi per ferie, per recarsi con la sua famiglia alla fonte di Bonifacio VIII.

Suo padre, in entrambi i viaggi, oltre all'acqua che beveva sul posto per evitare di comprarla in negozio, si riportava via una tanica da dieci litri che riempiva alla fonte. In seguito, negli anni, quel trenino lo prese anche con Salvatore per recarsi al centro di Roma. Come quel sabato pomeriggio del mese di novembre del 1964. Salvatore ogni sabato pomeriggio durante il periodo invernale, appena usciva dal lavoro metteva in moto la vespa e si recava al bagno diurno vicino via del Viminale per farsi la doccia calda. Quando arrivava l'inverno non aveva la possibilità di fare il bagno come voleva lui, se l'estate l'acqua fredda era gradevole durante il periodo invernale era impossibile lavarsi nella sua piccola abitazione. In casa sua l'acqua calda era solo quella della pila che si metteva sul gas per lavarsi nella bacinella in cucina, o nella tinozza che era nel piccolo bagno, che essendo privo di riscaldamento era simile a una cella frigorifera.

Quando i due amici arrivarono al capolinea dei Laziali scesero dal trenino e si avviarono verso la stazione Termini. Mentre camminavano su via Giolitti, furono incuriositi da un capannello di persone ferme sul marciapiede dall'altra parte della strada: intorno a un banchetto c'era un uomo che armeggiava con destrezza tre carte, e alcuni avventori scommettevano puntando il denaro dove secondo loro doveva trovarsi la carta vincente del Re. Si avvicinarono al banchetto nello stesso momento in cui due giovani soldati di leva in libera uscita, anche loro incuriositi da quel capannello di gente, si fermarono a guardare alcuni scommettitori che puntavano il denaro sulla carta che ritenevano vincente. Salvatore, oltre alla vespa, aveva un'altra grande passione: gli piaceva fare giochi di prestigio con le carte. Erano due anni che una volta a settimana andava a lezione presso la casa di un vecchio prestigiatore. Il mago aveva lavorato per tanti anni nei circhi di tutta Italia, e per arrotondare quella misera pensione dava lezione a lui e altri amanti di quest'arte. Salvatore sfruttava quella sua abilità prestigiatoria durante il lavoro nel mercato presso i banchi dei commercianti, faceva qualche giochino e le persone ordinavano il caffè o altre cose. Ciccio era contento dell'aumento del volume delle ordinazioni che riusciva a fare Salvatore, e anche lui era soddisfatto per le mance che rimediava.

"Ote', 'sto giochetto lo conosco bene, lo so' fa pure io... me l'ha insegnato er maestro, se chiama: carta vince carta perde e se gioca co' tre carte, nun poi capi' co' 'sto trucco quanti caffè in più porto er giorno ai banchi der mercato".

"Si lo conosco Salvato', l'ho visto 'na sera alla festa della chiesa der quartiere, me ricordo che se so' pure menati".

"E te credo che se so' menati, questi truffano la gente, quelli che vedi intorno so' tutti compari che fanno vede' che vincono, stanno a cerca' er farloccone che ce casca' co' tutte le scarpe: er primo che prova a punta' lo fanno subbito vince, poi arzano la puntata e alla fine je levano tutti i sòrdi".

Come Salvatore finì di parlare il truffatore, un tipo non molto alto con i capelli tirati all'indietro pieni di brillantina, ma con una faccia da furbo, si accorse che uno dei due militari era interessato al gioco e lo invitò a puntare mille lire su una carta che lui ritenesse essere quella vincente. Dei due militari, quello interessato al gioco era il classico contadinotto di qualche paesello sperduto del nord Italia che non si era mai mosso dal luogo di nascita. L'altro militare era del nord, ma si vedeva che era più smaliziato, e poi era una montagna in carne e ossa: sarà stato alto più di due metri e aveva due mani enormi. Appena sentì dell'invito del biscazziere al suo amico, gli disse di andare via che non era il caso di giocare, ma quello gli rispose che faceva solo una puntata, e se anche avesse perso mille lire gli rimanevano le trentamila lire che gli aveva fatto arrivare il papà. A sentire quella cifra il truffatore e i compari si guardarono in faccia come per dire: è arrivato il pollo da spellare. Salvatore disse: "Ote' ce semo, hai visto come se so' guardati i compari, so' quei due che stanno a punta', mò vedrai che ne arriva' 'n artro che fa una puntata alta, vince se prenne i sòrdi e invoja er militare a gioca, e dopo se ne va".

Infatti, a un cenno di uno dei compari arrivò un uomo, che domandò se poteva fare solo una puntata perché doveva raggiungere il trenino che era prossimo alla partenza, il truffatore gli disse che poteva tranquillamente puntare; prese le tre carte, fece vedere il re e con abilità incomincio a muoverle sul tavolo rapidamente, come si fermò l'uomo fece una puntata di duemila lire sulla carta dove c'era il re e vinse, incassò i soldi della vincita, salutò il truffatore, e prima di sparire disse al militare di puntare che si vinceva facile.

Nel frattempo il militare aveva fatto la sua prima puntata e aveva vinto, era tutto contento e guardava il suo amico come per dire: hai visto è stato facile. Fece una nuova puntata e vinse nuovamente, era talmente convinto di essere in gamba che si atteggiava con le persone intorno a lui. Poi il truffatore gli disse: "A milita' sei proprio forte, senti famo 'na cosa, hai vinto già duemila lire, rigiocale tutte e due: o io vado paro o te vinci quattromila lire".

Il compagno lo guardò e gli disse di lasciar stare e andare via, in quel momento i compari con la scusa di giocare iniziarono a spingere quel ragazzone il più lontano possibile dal suo amico per paura che rovinasse i loro piani fraudolenti. Il militare invogliato dal truffatore e dai compari si fece convincere, puntò la somma vinta sino a quel momento, puntualmente vinse altre duemila lire; tutte le persone della combriccola si complimentavano con lui per la sua abilità e lui, poverino, ne era convinto. Salvatore allora disse: "Ote' ce semo, mo' je fanno fà 'na puntata arta e lui perde, ormai ha abboccato, bisogna parla' co' l'amico suo ch'hanno allontanato dar banchetto".

I due amici senza farsi vedere dai truffatori si avvicinarono al militare che era a pochi metri dal gruppo e Otello gli disse: "A milita', viè 'n attimo qua dietro, te dovemo parla' dell'amico tuo prima che quelli je levano tutti li sòrdi".

I due amici si spostarono di una decina di metri seguiti dal militare, che in un primo momento era diffidente dei due pischelletti romani che per lui erano completamente estranei, appena si fermarono senza essere visti dai compari del truffatore Salvatore gli disse: "Senti bene quello che te dimo: devi da portà via l'amico tuo prima possibile, artrimenti quelli je levano tutti li sòrdi. L'amico tuo ce fà pena, se vede ch'è 'n bamabacione, quelli sò truffatori, all'inizio te fanno vince, poi 'na vorta ch'hai abboccato te spellano come 'n pollo".

A sentire quelle parole il militare capì che volevano aiutare il suo amico e ascoltò bene cosa gli dicevano. Gli spiegarono che da lì a pochi minuti, quando il suo amico si renderà conto di essere stato truffato e chiederà indietro i suoi soldi, in quel preciso momento un compare strillerà: "La polizia, la polizia!" Nella confusione generale scapperanno tutti e lui rimarrà solo sul marciapiede senza neanche più una lira. I tre senza farsi notare dal gruppo si sbrigarono a trovare una strategia comune per evitare la truffa, mentre parlottavano il militare vide passare sul marciapiede dall'altra parte della strada una decina di commilitoni che erano in caserma con lui, di corsa andò da loro, dopo un po' ritornò dai due amici e soddisfatto disse ai due ragazzi che potevano andare a salvare il "mona". Intanto il militare aveva accettato di fare la prima giocata da cinquemila lire e puntualmente aveva perso. I due ragazzi e il militare si avvicinarono al banchetto, i due amici si misero di lato al truffatore mentre il militare, imponente fisicamente, si fece largo tra i compari e si mise davanti a lui che diceva al compagno: "A milita', prima vincevi te e mò vinco io, te vojo dà la rivincita come prima me l'hai data te, famo 'na puntata secca, queste sò le quindicimila lire che hai perso sino a mo', io le metto tutte sur tavolo e te ce metti artre quindicimila lire della puntata tua. Sì vinci vai paro, artrimenti perdi trentamila lire... dimme, che voi fà?"

Il mona, senza neanche pensarci un momento, accettava la puntata secca, tirava fuori le quindicimila lire e le appoggiava sul banchetto. Il truffatore mise le sue quindicimila lire sopra quelle del mona, poi con abilità iniziò a spostare le tre carte sul banchetto; nel frattempo i militari che aveva fermato l'amico del mona avevano accerchiato i tre compari del truffatore, che ignaro di quello che stava accadendo intorno a lui disponeva le tre carte sul banchetto e disse al mona di indicare la carta vincente; proprio in quel momento intervenne l'amico che disse al commilitone di puntare su quella centrale che gli aveva indicato Salvatore con lo sguardo; l'uomo allora lo guardò preoccupato e gli disse: "Ahò, ma te chi sei? Si voi gioca' devi punta' i sordi sur tavolino, artrimenti statte zitto".

"Sono il fratello gemello, e siccome i soldi sono anche i miei, quella è la carta della puntata", disse il militare. Con la sua mano enorme prese quella del mona e insieme alla sua la mise sopra la carta. Il mona non riusciva a capire perché il suo amico fosse intervenuto, comunque fece l'unica cosa giusta che poteva fare in quel momento: non dire niente e assecondarlo. Il truffatore si rivolse al militare e gli disse: "'A milita' ma che me stai a pijà per culo? Sì te sei er gemello io so' er padre, vedi d'annattene ch'è mejo pe' ttè, artrimenti stasera in caserma ce vai ridotto male".

Intervennero i soci che cercarono di prendere le parti del compare, dicevano che doveva giocare il mona e che lui doveva andare via; iniziarono a spingerlo e a minacciarlo, all'improvviso a difesa dei due intervenivano i commilitoni che iniziarono a spingere lontano dal banchetto i compari. I tre si ritrovarono in minoranza, guardati a vista dai militari; il truffatore capì che per lui la situazione si stava mettendo male e cercò di prendere tempo.

Disse: "Si tu' fratello vo' giocà lui ar posto tuo pe' me nun ce sò probblemi, famme rimmischià 'e carte e poi fai la puntata".

"Non c'è bisogno che immischi le carte, la puntata è già stata fatta, perciò adesso io giro la carta e se sotto c'è il re mi prendo tutti i soldi".

Il militare aveva appena finito di dire la frase che uno dei compari iniziò a strillare: "La polizia, la polizia!"
Il truffatore con sveltezza chiuse il banchetto, sperava di far rimanere all'interno oltre alle carte anche i soldi e scappare, ma il militare che era stato avvisato in precedenza da Salvatore del giochetto della polizia fu più svelto di lui, aveva già la mano sopra i soldi, non fece altro che stringere le dita e far rimanere nel suo pugno le trentamila lire, mentre con l'altra mano dava un ceffone così forte all'uomo che cadde rovinosamente per terra. In un attimo scoppiò il finimondo, i compari cercarono di aggredire il militare ma furono messi in fuga dai suoi amici commilitoni. Il truffatore stava lungo per terra come se fosse ubriaco, era rimasto talmente stordito dal ceffone che faceva fatica a rialzarsi, i suoi capelli pieni di brillantina si erano alzati come una cresta sopra la sua testa: intorno a lui il banchetto con le carte sparsi sul marciapiede. Intanto i militari erano fuggiti all'interno del tunnel che porta in via Marsala perché in lontananza stava arrivando la ronda mista. Otello e Salvatore si avvicinarono all'uomo che era ancora a terra stordito e fecero i buoni samaritani, l'aiutarono ad alzarsi e Otello gli disse: "Sor mae', state bene?"
L'uomo mentre si alzava e ancora rintronato disse: "Insomma, me sento tutto acciaccato... ma ch'è stato, chi m'ha menato?"
"Madonna che pizza che v'ha rifilato quer militare", disse Salvatore.
"Mò me ricordo, mortacci sua... che dolore, si lo rincontro je faccio ricordà er giorno ch'è nato' a sto fijo de 'na mignotta", disse il truffatore mentre si toccava la guancia tutta arrossata dal ceffone.
"Sto gran cornuto, pare che m'ha dato 'na palata in faccia".

L'uomo nel frattempo si avvicinava a una fontanella che era lì vicino e iniziò a rinfrescarsi ripetutamente la guancia e a sistemarsi i capelli, Salvatore disse: "Sor mae', si state mejo noi ve lassamo che ciavemo da fà".

"Si, sto 'n po' mejo, grazie de tutto rega', si aspettavo l'amichi mia che m'aiutassero stavo ancora pe' tera: io vorebbe sape' ndò stanno qui tre cornuti?"

"Se saranno messi paura dei militari, erano parecchi: è vero Sarvato'?"

"È vero, saranno stati 'na decina... comunque prima ch'annamo via ve serve quarche cosa?"

"No, sto 'n po' mejo... de nuovo grazie raga'", disse mentre si rinfrescava la guancia ancora rossa.

"Si' 'n domani ve serve quarche cosa me trovate sotto i portici de Piazza Vittorio, chiedete de Mano Lesta, io nun me scordo delle persone che m'hanno aiutato, ciò 'n debbito co' voi dua".

I due salutarono l'uomo e mentre si allontanavano trattenevano a stento la risata; appena girarono l'angolo del palazzo iniziarono a ridere come matti e Salvatore disse: "Madonna che pizza j'ha mollato er militare... si ve' serve quarcosa veniteme a trova'... Sì, de corsa... Certo che semo pure 'n po' stronzi, prima je famo mena' e poi lo pijamo per culo dandoje 'na mano".

"Ahahah! 'Me trovate a Piazza Vittorio, chiedete de Mano Lesta: 'a mano lesta ciaveva quer militare, j'ha rifilato 'na pizza da staccaje la capoccia! Smisero di ridere solo quando arrivarono ai bagni diurni.

Capitolo XIV

Il battesimo del sesso

Otello seguitò a camminare su quelle strade del quartiere che da ragazzo aveva percorso più volte, il suo intento era quello di ritrovare la casa dove aveva vissuto da ragazzo.

Dopo una decina di minuti giunse davanti all'edifico della scuola elementare che aveva frequentato da bambino, iniziò a percorrere quelle strade che faceva abitualmente con il suo amico e le sorelle quando uscivano da scuola. Nei suoi ricordi riaffiorarono le risate e le grida di Concetta e Salvatore, che in prossimità della loro abitazione iniziava a spogliarsi del grembiule e lo gettava a terra insieme alla cartella davanti al cancelletto di casa: per lui quel piccolo indumento era come una camicia di forza e quel gesto era un senso di libertà. Giunto davanti all'acquedotto dove viveva Salvatore non trovò più le casette abusive tra gli archi, erano state abbattute anni prima, non trovò neanche la casa dove lui aveva vissuto: al suo posto era stata costruita una nuova palazzina. Davanti ai suoi occhi non c'erano più i campi dove scorrazzava da bambino, ormai quasi tutti quei terreni erano stati edificati, l'unica presenza del passato era un rudere romano che una volta era contornato dalla campagna. Quel rudere era il posto dove da ragazzo il sabato pomeriggio aspettava il suo amico Salvatore dopo che aveva smesso di lavorare. Si sedette su una sporgenza come faceva in passato, e mentre contemplava quelle enormi palazzine si ricordò del giorno del suo quindicesimo compleanno, era il quindici di febbraio del 1965, il suo amico per regalo lo portò al battesimo del sesso. Salvatore arrivò verso le tre del pomeriggio con la sua vespa, la parcheggio, abbracciò Otello e gli disse: "Auguri Ote'".

"Grazie Sarvato', si annamo ar bar t' offro da beve, mi padre m'ha regalato mille lire".

"No, gnente bar, oggi offro io, dai sali che te porto a 'n posto che te lo ricorderai pe' tutta la vita".

"'Ndò dovemo anna' Sarvato', de che se tratta?"

"E nun rompe li cojoni co' le domanne, t'ho detto sali, te vojo fà 'n regalo che solo io che te vojo bene te posso fà... La settimana scorsa er collega mio Pasquale m'ha portato a 'n posto particolare e mò ce porto a te".

Otello salì sulla vespa e Salvatore partì a razzo come sempre:

"Bello mio, pe' 'sto regalo me ringrazierai pe' tutta la vita".

"Mamma mia a Sarvato' e che sarà mai?"

"La topa Ote', la topa".

"Ma de che topa stai a parla'?"

"La fica Ote', mo' hai capito?"

"Ah, ho capito".

"Ote', nun poi capi' quanto è bella 'sta donna, io quanno so' entrato dentro la cammera da letto ero emozionato, pe' me era la prima vorta, ma lei è stata così carina che m'ha fatto passa' subbito la vergogna: è 'na fata".

"Sarvato', si te sei vergognato te, pensa io, già me sento male e ancora nun semo arivati... senti: lassa perde, ciannamo 'n'artra vorta, tornamo indietro".

"Ma che sei matto Ote', ogni lasciata è persa".

"Lo so', ma nun so' pronto pe' 'st'esperienza... tornamo 'n dietro, ce venimo 'n' artra vorta".

"Aho, ma gnente gnente me stai a di' questo perché c'hai le mutanne sporche", e si mise a ridere.

"Ma sei propio stronzo, ma quali mutanne sporche, è che me vergogno".

"Ote', come vedi quaa donna te passa tutta la vergogna... la vedi 'sta mano Ote'... Sta mano nun me la so' lavata fino alla mattina dopo, so' stato tutta la notte a annusalla, c'era rimasto l'odore der corpo suo".

"Sarvato' guarda avanti e rimetti la mano sur manubrio, artrimenti famo 'na brutta fine".

"Ma hai capito che t'ho detto? So' stato tutta la notte svejo a sentì l'odore della mano".

"Pensa che bellezza, e magara la matina nun te la saresti voluto lavà pe' nun perde quer profumo".

"Mò tu me stai a pija per culo, te vojo vede' quanno esci da quella stanza si poi seguiti a fa' lo stronzo".

"Me fai capì 'ndò dovemo ariva', so' venti minuti che viaggiamo co' la vespa..."

"Semo quasi arivati, m'ariccomanno nun fa lo scemo che nun voi entra', si me fai 'na cosa der genere nun te guardo più 'n faccia, m'hai capito?"

"Sì, nun te preoccupà".

Dopo qualche minuto arrivarono in una zona isolata dove c'erano delle casette basse una attaccata all'altra, ognuna con un suo cancelletto d'entrata. Salvatore fermò la vespa davanti a una di queste, i due scesero dal mezzo, si avvicinò al cancello e suonò il campanello, dopo un po' aprì la porta una bella donna che indossava una vestaglia di pizzo rosa.

"Che volete voi due?"

Salvatore allora le disse: "Bonasera sora Gina, semo venuti pe' lei".

"Pe' me? E perché?"

"Oggi è er compleanno dell'amico mio e je vojo fà 'n regalo".

"E che regalo je devi fa a casa mia?"

"Faje fà l'amore co' lei".

"A regazzì, ma che me volete fà passà li guai, ma chi ve ci à mannato qua da me?"

"No, gnente guai, io so' già venuto da voi 'na settimana fa co' l'amico mio Pasquale, è 'n cliente vostro, vie' ogni settimana, er barista".

"Si, mò m'aricordo, ma quella sera ho chiuso 'n occhio pe' lui, è 'n cliente affezionato, apposta t'ho fatto entra'".

"E vabbè, oggi chiudeteli tutti e due, semo solo noi, nun c'è nisuno, e poi è 'r compleanno suo... che nun je volete fà spegne la candela?"

La donna alla battuta di Salvatore iniziò a ridere, mentre Otello che era agitato stava in silenzio.

"Certo che c'hai 'na faccia da paraculo... Vabbe', pe' sta-vorta faccio 'no strappo, te vojo accontentà. Ma 'sto rega-lo pe' tutti e due te costa caro: io mica so' una de quelle vecchie 'n mezzo la strada che te chiedeno mille lire pe' 'na bottarella e via, la mia è 'na passione, è 'n 'arte, te lo sai bene, famo così: damme seimila lire".

Salvatore aprì il portafoglio, contò i soldi e disse: "Ciò solo 'ste cinquemila lire, sora Gina".

La donna allungò la mano, prese i soldi e disse: "Pe' 'sta-vorta vada pe' cinquemila".

Si avvicinò a Otello, lo prese per mano e rivolgendosi a lui disse: "Vie co' me 'a sbarbatello, famo contento l'ami-co tuo, annamo a spegne la candela".

Nel sentirsi dire quelle parole Otello diventò tutto rosso in volto, e senza dire nulla seguì la donna come un ca-gnolino al guinzaglio, si girò a guardare Salvatore che gli faceva segno con la mano di andare. Entrarono nella stanza da letto, era ordinata e profumava, una stufa a le-gna riscaldava l'ambiente. Otello rimase fermo al centro della stanza, mentre la donna si avviò verso un lavandino a tre piedi posizionato vicino alla stufa, prese una brocca sulla stufa con l'acqua calda, la versò all'interno della bacinella e la miscelò con quella fredda che era al suo interno. Poi disse:

"Allora, oggi è er compleanno tuo, quanti anni fai?"

"Quindici".

"Beato te, io tra un mese ne faccio trenta... sei mai stato co' 'na donna?"

"No, co' lei è la prima volta".

"Come te chiami?"

"Otello".

"Ber nome, io me chiamo Gina".

"Anche il suo è un bel nome. signora".

"Allora Otello, voi rimanè vestito? Sù, spojate, metti i vestiti sulla sedia e viette a fà lava', nun avè paura".

In un primo momento sarebbe voluto andare via, farsi lavare da una donna che non aveva mai visto, dall'ultima volta che delle mani femminili avevano toccato le sue parti intime erano passati sei anni, l'aveva fatto sua madre quando aveva nove anni. Poi ripensò alle minacce di Salvatore e si tolse le scarpe, i pantaloni e rimase con i calzini e le mutande. La donna che era davanti a lui si sciolse i capelli che aveva legati, erano neri e lunghi, poi la vestaglia rosa, sotto non aveva indumenti, era completamente nuda; aveva un corpo bellissimo, la carnagione chiara e la capigliatura gli arrivava sino a metà schiena. Otello rimase imbambolato davanti a tanta bellezza, il cuore iniziò a battere sempre di più, era la prima volta che i suoi giovani occhi vedevano un corpo statuario di una donna vestita solo della sua pelle. Lei lo guardò e gli disse: "E i pedalini co' le mutande quando te le levi, mica te voi lavà co' quelle addosso, dai sù, levale e viè qua, nun avè paura: mica me te magno".

Lui obbedì, si tolse i calzini e le mutande, ma per vergogna mise subito le mani sulle sue parti intime e si avvicinò alla donna che capì l'imbarazzo del ragazzo, lo accarezzò e gli disse: "Otello, Otello... nun te preoccupà, andrà tutto bene, quanno uscirai da 'sta stanza sarai 'n'omo, vedrai, sarà bellissimo, fidati di me. Quanno hai fatto la prima comunione hai preso er corpo de Cristo... oggi fai conto ch'è 'n'artra comunione e prenni er corpo mio, e te posso garantì che nun te scorderai mai più 'sto momento".

Gli prese le mani e le mise sui suoi seni, disse a Otello di accarezzargli i capezzoli. Otello provò un'emozione indescrivibile nell'accarezzare quel seno, poi lei lo lavò accuratamente e lo fece asciugare con un panno pulito.

Spense la luce e la stanza rimase illuminata da quella che arrivava dal vetro della stufa, l'ombra dei loro corpi si rifletteva sulla parete bianca della camera; insieme si diressero poi verso il letto.

Dopo una mezz'ora si aprì la porta della camera e uscì Otello totalmente assente: aveva il viso roseo, vicino a lui la donna che lo teneva per mano lo baciò sulla fronte. Salvatore rivolto alla donna disse: "Allora com'è annata, s'è comportato bene l'amico mio?"

"Bene! Che nun lo vedi? C'è voluto 'n po' pe' faje spegne la candela, ma alla fine c'è riuscito".

I due si misero a ridere.

Otello era come imbambolato, si sedette su una sedia dell'ingresso dove abitualmente aspettavano i clienti mentre Salvatore e la donna entravano nella stanza. Rimase seduto in silenzio con la testa appoggiata al muro e gli occhi chiusi, ripensava all'esperienza che aveva avuto poco prima, come gli aveva detto il suo amico non l'avrebbe mai dimenticata. Quando uscì dalla stanza Salvatore, Otello si alzò dalla sedia e la donna accompagnò i due ragazzi alla porta; prima che uscissero, gli disse: "A rega' me siete simpatici e sete pure educati, vojo fa 'no strappo alla regola, sì ciavete desiderio de vini' da me, basta che state qua all'orario de oggi, generarmente i clienti mii vengono la sera cor buio pe' nun fasse vede': però solo voi due e nessun artro, m'ariccomanno, solo voi due".

"Certamente, solo noi due, ma ce fate lo stesso prezzo?" disse Salvatore.

"V'ho detto che me sete simpatici, perciò sempre cinquemila lire".

"Grazie sora Gina", dissero all'unisono.

"Ah, e pure 'n vassoio co' sei pastarelle".

I due amici uscirono dal giardino e salirono in vespa. Salvatore la mise in moto e partirono, poi si rivolse a Otello: "Allora sei stato contento der regalo, ne valeva la pena?"

"Grazie Salvato', è stata 'na cosa bellissima, guarda so' così contento che m'annuso la mano"

"A cazzaro!", fece Salvatore di rimando, e scoppiarono in una risata.

Quel ricordo lo fece per un attimo sorridere, e come se ci fosse ancora Salvatore, per istinto si annusò la mano. Scese dal rudere e si guardò intorno, alla fine anche dopo tanti anni quei luoghi non erano molto cambiati; la parte vecchia del quartiere era rimasta la stessa, come i vecchi centri storici dei paesi. Ogni tanto c'era qualche nuova costruzione, tra quelle vecchie palazzine, le strade non erano più di terra come una volta, non c'erano più i lampioni con i pali della luce in legno che avevano delle lampade che illuminavano solo la zona sottostante; ora le strade erano tutte asfaltate e illuminate da lampioni moderni. Otello rimase colpito dell'enorme quantità di vetture parcheggiate sulle strade e sopra i marciapiedi; ai suoi tempi non erano molti i residenti che possedevano una vettura. Mentre camminava vide la vecchia chiesetta dove lui insieme a Salvatore per un certo periodo della loro infanzia la domenica mattina aiutavano il prete a servire la messa vestiti da chierichetti. Era un prete amante del vino e delle donne. Durante la funzione, ogni volta che Otello prendeva le ampolline dell'acqua e del vino che doveva versare sulle mani del sacerdote dopo che aveva dato la comunione ai fedeli; il prete gli faceva versare pochissima acqua, mentre quando Otello iniziava a versare quella del vino gli bloccava la mano e la svuotava completamente nel calice. Finita la funzione il prete si svestiva dei paramenti e andava via di corsa dalla chiesa: si diceva che avesse una donna e un figlio in un paese vicino Roma. Mentre percorreva quelle strade cercava di riconoscere qualche vecchio amico tra i volti delle persone della sua età che incrociava, era difficile visti gli anni che erano passati, ma lui guardava attentamente nella speranza che ciò accadesse.

Poi passò vicino una palazzina dove una volta c'era una sala giochi: ora le serrande sono abbassate con i cartelli affittasi, devono essere chiuse da parecchio tempo vista la quantità di polvere e terra che c'è sul marmo dove si chiude il lucchetto. A quel tempo era il ritrovo dei ragazzi della zona, lui e il suo amico organizzarono una bella truffa con le carte ai danni di Achille er pesciarolo.

Capitolo XV

Gli stivaletti alla Beatles

A dicembre del 1964, due settimane prima della chiusura della scuola per le vacanze natalizie, Otello si recò a lavorare presso un negozio di generi alimentari vicino la bisca. Il padrone del negozio era disperato, il cascherino che faceva le consegne si era ammalato proprio nel periodo delle festività, così gli propose di dargli una mano e lui accettò ben volentieri, anche per rimediare qualche soldo per comprarsi gli stivaletti alla Beatles per la fine dell'anno. Per le prime due settimane si recò in negozio solo il pomeriggio perché al mattino andava a scuola. Gli piaceva quel lavoro di cascherino. Faceva le consegne con una bici che pesava quasi venti chili con portapacchi anteriore, per farla muovere ci voleva tanta forza e lui l'aveva nelle sue giovani gambe frutto di duri allenamenti. Da più di un anno aveva iniziato a fare atletica leggera con una società sportiva del quartiere, correre per lui era segno di libertà, gli piaceva sentire durante gli allenamenti d'inverno l'aria fredda sul suo viso, e quel lavoro gli permetteva di tenere sempre un buon tono muscolare. Durante l'orario di chiusura del negozio si recava a casa per il pranzo, e un'ora e mezza prima che riaprisse il fornaio usciva e si recava in quello che era il ritrovo per i ragazzi: la sala biliardi, dove incontrava il suo amico che tornava dal lavoro. La sala era il ritrovo di ragazzi di ogni età, spesso nullafacenti che si arrangiavano come potevano: anche a fare qualche furtarello per avere dei soldi in tasca. Spesso i più grandi, il

sabato mattina, si mettevano a giocare a battimuro per rimediare un paio di mille lire da spendere con una delle tante prostitute che la sera affollavano la via Prenestina. Tra i tanti ragazzi c'era Achille, un ragazzo di sedici anni amante del gioco delle carte. Lavorava insieme al padre al banco del pesce che aveva in un mercato rionale, era sempre pieno di soldi: sicuramente li sottraeva dagli incassi del giorno senza che il genitore se ne accorgesse. Sotto il periodo delle feste la sua ludopatia aumentava, ogni pomeriggio andava a giocare con altri ragazzi presso una vecchia baracca abbandonata poco distante dalla bisca; non essendoci suppellettili e corrente elettrica si erano organizzati con un fusto vuoto da duecento litri che faceva da tavolo dove poter mettere le carte. Quel 30 dicembre Otello uscì da casa prima del solito: il giorno prima l'amico gli aveva detto di vedersi vicino la sala intorno alle quattordici e trenta che doveva dirgli una cosa importante, furono tutti e due puntuali. Salvatore fece salire il suo amico sulla vespa e si spostarono di un centinaio di metri, poi si fermò e gli disse: "Ote', me servono i sordi pe' compramme i stivaletti alla Beatles, nun vojo toccà quelli c'ho messo da parte pe' fa' 'na modifica ar motore della vespa".
"Pure io me vojo compra' i stivaletti, me sto a mette da parte le mance, so' arivato a tremila lire, me mancano ancora artre tremila lire... dentro ar magazzino der negozio ciò du' balle de cartone che pesano ducento chili, er padrone m'ha detto che me le posso venne e piamme i soldi, me danno cinque lire ar chilo, ce rimedio 'n artre mille lire. Spero de rimedia' le artre dumila che me mancano co' le mance delle consegne, nun voio usa la paga che me da er principale, co' quelli ce vojo compra i regali pe' le mi' sorelle e pe' mi' padre e mi madre".

"Allora, visto che pure te li devi compra' e te mancano i sòrdi, oggi me reggi er gioco e i stivaletti ce li paga' Achille er pesciarolo".

"Ma stai bene de testa Sarvato', come fai a fatte paga' gli stivaletti dar pesciarolo?"

"Quello è 'n patito der gioco delle carte, è sempre pieno de grana, è arivato er momento che 'n po' de quei sòrdi entreno in tasca nostra".

"E io che devo fa'?"

"Senti bene quello che te dico: tra 'n po' quello come tutti i giorni ariva alla bisca e cerca quarcuno pe' anna a gioca' drento la baracca a banco".

"Si lo so, e allora che voi fa'?"

" Ote' ciavemo solo 'n'ora pe' purgallo, e te sei l'amo pe' fallo abbocca".

"Come sarebbe, io so' l'amo?"

"Sentime bene, artrimenti va tutto a rotoli: io mo' te do 'sto mazzo de carte itajane in tutto e per tutto uguali a quelle che ce giocamo normalmente, ma queste so' truccate, le ho prese de nascosto all'insegnante de magia ieri sera quanno so' annato a lezione... lo vedi ch'er dorso è nero cor disegno e contorno bianco come quelle che ce giocamo; queste sembrano normali, ma in realtà so' truccate pe' facce i giochi de prestigio, ner disegno che ce sta c'è aggiunto un puntino alle carte dar fante ar re, in pratica ciavemo docici carte vincenti sicure su venti".

"'A Sarvato' ma che firm western hai visto? Lassa perde, rischiamo che finisce male cor pesciarolo, si quello se ne accorge' che lo stamo a frega' ce sfiletta come l'alici".

"Fidate de me nun se ne accorge, guarda prenni 'ste du' carte: una è der mazzo truccato e l'antra no, mo' dimme si vedi la differenza".

Otello prese le due carte e le controllo, poi disse:

"Io nun vedo nessuna differenza, ma comunque è pericoloso, io nun so' convinto come te che va tutto bene, anzi!"
"Te l''ho detto che nun se vede, lo so solo io dove sta er segno, e manco te lo dico, artrimenti te fissi a guardalle mentre giocamo... senti: quanti sordi c'hai in tasca?"
"Le tremila lire pe' le scarpe".
"Perfetto, io ciò le novemila lire der meccanico, tiè prenni pure st' artre tremila lire, così quello come vede che ciavemo tutti 'sti sòrdi e vorrà gioca' subbito a banco. Mo' te vai alla bisca come tutti i giorni e cerchi quarcuno pe' organizza' 'na partita a carte dentro la baracca, anzi, si ce sta quell'artro viziato de Mariuccio, dije se je va de fasse quarche scopetta a cento lire a partita prima che ripii a lavora, poi lasci detto che si te cerco de dimme che stai alla casetta".
"Sarvato' come la fai facile: pe' prima cosa nun è detto che ce trovo quarcuno, e si puro lo trovo mica è detto che cianno i sòrdi pe' gioca'".
"Questo è vero, tu provace, artrimenti i stivaletti se li compramo 'n'artra vorta".
"Io ce vado, ma tiè presente ch'oggi è mercoledì e la maggior parte de quelli che cianno i sòrdi stanno ancora a lavorà, devo esse' fortunato a trovacce Mariuccio... E te ner frattempo 'ndo stai?"
"Io me nasconno fino a che nun vedo arriva' in bisca er pesciarolo, dopo 'n po' entro, lo saluto e dico sì t'hanno visto, come me dicheno che stai alla baracca, butto l'esca e er pesciarolo abbocca come li pesci che venne".
"Sei sicuro ch'abbocca come dici te Sarvato'?"
"Sicurissimo, mò sbrigate a anna' in bisca... ah, la cosa più importante: quanno entramo a gioca' cor pesciarolo te guarda sempre la mano mia sinistra, se la tengo aper-

ta sur bidone vordì che la carta è vincente, se è chiusa punta poco, adesso va, se vedemo tra 'n po'".

I due ragazzi si lasciarono. Otello si recò alla bisca, una volta dentro salutò gli amici, si guardò intorno per vedere se c'era Mariuccio, lo vide in fondo alla sala appoggiato al muro che fumava e guardava due ragazzi che giocavano a biliardo, aveva un occhio nero, sicuramente qualcuno gli aveva menato. Mariuccio era un borseggiatore, anche lui viveva all'interno dell'acquedotto con quattro fratelli, la madre e il padre, un viziato del gioco che lavorava come facchino ai mercati generali.

Mariuccio era longilineo, aveva le mani lunghe e anche le dita erano fine e lunghe, adatte per borseggiare. Aveva diciassette anni ma per i reati che aveva commesso era già stato due volte incarcerato al San Michele a Porta Portese. Entrava in azione sempre al mattino presto, usciva da casa con il fagotto come se dovesse andare al lavoro per non dare nell'occhio e prendeva sulla Prenestina il primo tram che passava pieno di gente che si recava a lavoro. Tra quelle persone stipate come sardine all'interno del vagone cercava la vittima, la maggior parte donne con la borsa, approfittava della calca per portarsi a ridosso delle povere vittime e con abilità riusciva a sfilare il borsellino, appena preso scendeva e aspettava il prossimo tram per colpire ancora. Molto probabilmente i segni che aveva in volto erano dovuti ad un furto non andato a buon segno. Si avvicinò a lui e ci scambiò due chiacchiere, poco dopo i due ragazzi uscirono dalla sala giochi e si recarono dentro la baracca, dove iniziarono a giocare a scopa come gli aveva detto l'amico. Nel frattempo Salvatore si era nascosto con la vespa nel cortile di un palazzo che distava una decina di metri della bisca, da lì poteva osservare l'entrata del locale senza essere visto, poi vide arrivare Achille che entrò nella sala giochi. Uscì di corsa con la vespa, si fermò davanti alla sala giochi, scese dal mezzo, la mise sul cavalletto e entrò all'interno della bisca. Dopo qualche minuto uscì insieme ad Achille e si recarono nella baracca poco distante: tutto stava andando come aveva pianificato, appena entrarono nella baracca Salvatore disse:

"Ote', che te stai a gioca' co' Mariuccio?".

"Se stamo a gioca' cento lire a partita a scopa".

"Io pensavo che du' squattrinati come voi se staveno a gioca' la strada de casa", disse Achille.

"A pesciaro', ma che m'hai guardato in tasca, i bijetti da mille mica ce l'hai solo te".

Mise la mano in tasca dei pantaloni e tirò fuori i soldi.

"Oggi sto in grana Sarvato', guarda qua, seimila lire".

"Ammazza, stai bello pieno, c'hai quanto ciò in tasca io pe' paga'er meccanico: andò l'hai presi tutti quei sordi, je l'hai rubbati ar fornaro?"

"So' i risparmi mii, me ce devo annà a compra i stivaletti alla Beatles".

Achille, che aveva ascoltato e visto tutto, già sentiva quei soldi in tasca sua e disse: "A rega', invece de favve la partita a scopa, perché nun se famo quarche giro a banco tutti e quattro?"

"No, me dispiace Achi', ma io co' 'sti sordi me devo compra' le scarpe".

"A Ote', mica è detto che si giocamo perdi, potresti anche vince le diecimila lire che ciò io, che voi fa', voi gioca' a scopetta co' Mariuccio o tentà de vince 'ste diecimila lire?"

Era quello che i due amici volevano sentir dire da Achille. Otello rispose: "E vabbè famose 'sta partita, mica vojo sembrà un cacasotto. Se Mariuccio è disposto a interompe la scopetta pe' me nun ce so' probblemi, però io ve lo dico subbito: solo 'n'ora che poi devo anna' a lavora', chi vince vince, chi perde perde, nun ce so' rivincite".

Intervenne Salvatore: "Io ce sto, ma pure pe' me non più de 'n'ora, che devo anna' a casa a da' 'na mano a mi' padre".

"Pe' me va bene, giusto pe' passa' un po' de tempo, te che voi fa' Mariu'?" domandò Achille. Mariuccio rispose che anche per lui andava bene. I ragazzi si misero intorno al bidone e ognuno tirò fuori i soldi, Achille mise sul bidone una decina di carte da mille. Mariuccio girò una carta per vedere chi doveva dare le carte per primo, e toccò proprio a Otello. Le regole erano chiare: chi dava le carte doveva mettere il mazzo sul banco senza tenerlo nelle mani. Questo avvantaggiò Salvatore che riusciva a vedere il dorso delle carte vincenti e sapeva in anticipo cosa segnalare all'amico; a volte per non insospettire i due faceva puntate a perdere.

Dopo un'ora di gioco Achille aveva perso esattamente novemila lire, Mariuccio era andato paro, mentre Salvatore aveva vinto tremila lire e Otello seimila lire. Quando uscirono dalla casetta Achille rivolto ai due disse: "A rega' ciavete 'n culo".

"Ma quale culo, oggi le carte hanno girato bene a noi, magari 'n domani girano bene a te pesciaro'", disse Salvatore.

"Achi', i sordi so' come le piattole s'attaccano ai cojoni, io già me sento i sordi tua ai piedi".

"Pija per culo Ote', prima o poi me rifaccio co' voi due".

"Più poi che prima, Achi', sei te ch'hai voluto sfida' Otello, mò hai perso, perciò evita de rosica'", disse Salvatore.

"A pesciaro', poi te faccio sape' come so' comode le scarpe che m'hai voluto paga'".

Otello dopo aver ricordato l'evento degli stivaletti alla Beatles decise di andare sul posto dove era morto Salvatore; sapeva bene dove recarsi, perché gli era stato detto da Maria in America. Iniziò a camminare e seguendo l'acquedotto arrivò dopo una ventina di minuti presso il punto dove trovò la morte il suo amico. Giunto sotto l'arco si fermò, a terra non c'era più traccia della lapide che i parenti avevano posto in suo ricordo, toccò delicatamente con la mano i mattoncini rossi dell'acquedotto che da secoli erano in quel posto: era commosso. Otello sapeva bene che il suo amico era amante della velocità e cercava in tutti i modi di non farlo gareggiare, aveva paura che gli succedesse qualcosa di grave; sino a che c'era lui, si limitò a qualche sporadica gara con altri scuteristi. Salvatore aveva avuto degli incidenti per la sua passione della velocità, ma era stato sempre fortunato: qualche graffio e piccole ammaccature alla vespa, ma mai danni gravi. Ma a lui piaceva l'ebbrezza della velocità, era come una droga, sapeva benissimo che correre comportava dei rischi, ogni tanto il sabato pomeriggio si recava su uno stradone che era chiuso al traffico e come diceva lui si 'allenava'.

Correva su quella strada per ore, specialmente ogni volta che ritirava la vespa dal meccanico per verificare se le modifiche fatte. La sua vespa era molto veloce, dalla fabbrica usciva omologata per quaranta chilometri orari, ma la sua con tutte le modifiche pagate profumatamente arrivava quasi a cento chilometri orari. Dopo la partenza di Otello, Salvatore iniziò a fare gare di velocità con la vespa sfidando altri patiti come lui il sabato sera. Inizialmente le corse erano quasi un gioco, scommetteva con i suoi sfidanti la pizza, o la colazione per una settimana, ma tra i ragazzi si era sparsa la voce del mezzo di Salvatore e tutti i sabati sera c'era qualche scuterista che lo voleva sfidare. Venivano dai quartieri limitrofi per gareggiare con lui, non si scommettevano più piccoli premi, ormai c'erano persone che puntavano svariati biglietti da mille, erano in tutto per tutto corse clandestine e giravano parecchi soldi. Ora Otello era davanti all'arco, quell'arco sotto il quale erano passati spesso con la vespa; la morte di Salvatore avvenne proprio lì, e si ricordò il racconto che gli aveva narrato Maria quella sera a casa sua.

Capitolo XVI

Come morì Salvatore

Era il sabato sera del cinque febbraio quando successe la disgrazia. Salvatore era uscito con Anna, la sua fidanzata, le prime ore del pomeriggio per festeggiare il suo diciassettesimo compleanno. Anche lui come Otello era nato il mese di febbraio, ma un anno prima. Era una giornata fredda e il cielo era pieno di nuvole, perciò decise di lasciare la vespa a casa di Anna e di andare per Roma con i mezzi pubblici. I due fidanzati passarono insieme un pomeriggio spensierato, andarono al cinema e passeggiarono per le vie del centro; intorno alle venti rientrarono nel loro quartiere, scesi dall'autobus s'incamminarono verso casa di Anna e a pochi metri dalla sua abitazione arrivò una moto a tutta velocità che si fermò davanti a Salvatore.

Il conducente gli disse: "Salvato' ma 'ndò stavi, te sto a cerca' dan par d'ore, so' annato pure a casa tua e nun c'eri".

"In giro, perché me stavi a cerca' Claudie'?"

"Perché ce sta uno che te vole sfida stasera alle undici sur vialone... Ahò, ce stanno bei sordi in ballo, er Bisca ha organizzato tutto, sta a chiama' tutti quelli co' la grana pe' falli scommette, è robba grossa : da come ho capito se parla de tanta grana, m'ha detto de ditte che si vinci te da er dieci per cento delle vincite".

"No, me dispiace, oggi è er compleanno mio e nun vojo córe, adesso ciò cose più importanti da fa'".

"Ma quello ha già preso n' sacco de scommesse dan gruppo de papponi pieni de sòrdi, mica je poi di' che nun córi, lo sai i probblemi che je crei co' quelli c'hanno già scommesso".

"E 'sti cazzi, so' io che decido quanno vojo córe, pen par de vorte che j'ho fatto er favore de gareggia' a quer morto de fame pe' faje guadagna quarche sòrdo, mo' se permette de organizza le gare senza dimme gnente: dije che nun se ne parla, io córo quanno lo decido io, no l'antri".

"Sarvato' ma che stai a di', lo sai come s'incazza: quello è vendicativo, s'è fatto già sett'anni de Reggina Coeli, si je vai negativo te la farà paga', lascia perde, nun te lo fa nemico".

"'A Claudie', lassa perde, è inutile che insisti... e poi a me quello nun me fa paura, te vaje a di' che io nun córo, mo' te saluto, ciao".

"Ciao Salvato', stai in campana, quello è 'n infame".

L'amico partì con la moto, i due fidanzati entrarono nel portone del palazzo dove Anna viveva sola con la mamma; i suoi genitori erano separati, quella sera sua madre che era infermiera, aveva il turno di notte in Ospedale e loro due approfittarono per stare insieme in intimità. Salvatore rimase da Anna sino all'una di notte, lei lo accompagnò fino al portone e si salutarono con un bacio. La temperatura era intorno allo zero. Salvatore si coprì bene prima di partire con la vespa, doveva fare circa tre chilometri per raggiungere la sua abitazione, mise in moto il mezzo, vi salì e partì. Nello stesso momento una vettura che era parcheggiata poco distante accese i fari e iniziò a seguire il ragazzo, che ignaro guidava la sua vespa con l'unico intento di arrivare prima possibile a casa tanto sentiva freddo.

Durante il tragitto doveva percorrere il lungo viale che passava sotto gli archi dell'acquedotto, in quell'ora transitavano pochissime vetture e vedendo la strada libera davanti a lui dette più gas; la vettura che lo seguiva, come vide che si allontanava spense i fari e accelerò in modo brusco, pochi metri prima che Salvatore passasse sotto l'arco dell'acquedotto lo tamponò violentemente sbalzandolo dalla vespa e fuggì dileguandosi tra le strade parallele. L'urto fu tremendo, la parte posteriore della vespa si piegò quasi a diventare una elle, il povero Salvatore terminò il suo volo sbattendo violentemente la testa contro lo spigolo dell'arco: la morte fu immediata. Dai primi accertamenti effettuati dalla polizia, l'incidente fu archiviato come morte dovuta a un pirata della strada. Ma nel quartiere le voci si facevano sempre più insistenti che la sua morte aveva un nome e cognome.

Dopo una decina di giorni dalla morte di Salvatore, qualcuno che sapeva bene come erano andati i fatti quella sera fece una telefonata anonima al commissariato e segnalò dove era nascosta la vettura che aveva provocato la morte del ragazzo. La polizia iniziò le indagini e verificò le informazioni ricevute; trovò la vettura in una carrozzeria dalle parti di Pietralata per essere riparata, il titolare dell'officina era ignaro che quella vettura avesse provocato la morte di Salvatore e diede subito il nome del proprietario della macchina. Dagli accertamenti si scoprì che era il Bisca. Quella sera era lui al volante della macchina che provocò la tragica morte del suo amico. Il Bisca per vendicarsi del rifiuto di gareggiare, dato che aveva dovuto ridare i soldi indietro ai "papponi" con gli interessi. La polizia si recò presso il suo domicilio, ma non fu trovato. Un suo conoscente lo informò che le forze dell'ordine si erano recate presso la sua abitazione, lui capì che era stato scoperto e fuggì da Roma. Alcuni mesi dopo fu rintracciato in casa di un suo amico in un paesino vicino a Latina. Fu processato per omicidio intenzionale e condannato a dieci anni di detenzione. Scontò solo due anni di carcere, sino a che una mattina il suo corpo fu trovato impiccato alle sbarre della finestra della cella: non si seppe mai se si uccise per rimorso o se fu qualche detenuto a porre fine alla sua vita.

Capitolo XVII

Er Cichetta

Erano passate già alcune ore da quando Otello era uscito dall'albergo, il caldo si faceva sentire e anche un certo languorino allo stomaco reclamava un intervento. Prima di lasciare il posto dove era morto il suo amico si raccolse in un'intima preghiera, si fece il segno della croce e si incamminò alla ricerca di un locale per prendere un caffè e fare uno spuntino. Dopo poco giunse su una piazza, vide un bar che aveva i tavolini all'aperto sul marciapiede, ne individuò uno all'ombra di una tenda e si sedette. Ordinò un caffè, un bicchiere di acqua minerale fresca e un tramezzino.

Sulla piazza era un via vai di persone che l'attraversavano, Otello le guardava mentre si gustava lo spuntino, poi udì un avventore del locale che era seduto al tavolo vicino a lui chiamare un passante con il nome di Cichetta, invitandolo a sedersi al suo tavolo ché gli avrebbe offerto un caffè. Sentendo quel nome si girò e riconobbe il poverino che da ragazzo fu vittima di un pessimo scherzo da parte di Salvatore; anche se era passato molto tempo lo riconobbe per come camminava. Il suo vero nome era Ugo, ma gli era stato affibbiato il soprannome di Cichetta dai ragazzi del quartiere, perché andava sempre in giro a raccogliere le cicche per terra e le metteva dentro un barattolo, che portava sempre con lui, poi le apriva e recuperava il tabacco per farci le sigarette; era capace di raccogliere oltre cento cicche al giorno e tirarci fuori una quindicina di sigarette. Ugo era l'ultimo di cinque figli: era nato con una gamba più corta di cinque centimetri e problemi neurologici che gli procuravano attacchi epilettici. Anche lui era calabrese, suo padre era un parente alla lontana da parte della mamma di Salvatore. Il papà sapeva del vizio del figlio e, per evitare che passasse le sue giornate per le strade a cercare le cicche, spesso lo portava con sé nel suo negozio di calzolaio, o nella sede del Partito comunista del quartiere. Il padre era un militante del partito, anche se i paesani che lo conoscevano bene dicevano che da ragazzo era uno che si atteggiava a indossare la camicia nera durante i raduni a Catanzaro. Il segretario della sezione aveva preso a ben volere il Cichetta e gli aveva dato l'incaricato di mettere il disco dell'inno del partito a ogni manifestazione politica che si svolgeva nella sede o nei comizi di piazza. Lui era contento di questo incarico, e ogni volta che c'erano degli appuntamenti politici era sempre pronto a svolgere al meglio la sua mansione. In più tutte le domeniche mattina andava insieme a suo padre per le case del quartiere a vendere il giornale del partito, L'Unità. Era l'aprile del 1963 quando Salvatore fece scoppiare il finimondo durante il comizio elettorale. In Italia in quel periodo si dovevano svolgere le elezioni politiche, e in ogni città, paese o quartiere si effettuavano comizi elettorali delle forze in campo. Anche nel quartiere c'erano stati vari comizi, e l'ultimo giorno di campagna elettorale nella piazza principale ci doveva essere quello del Partito comunista. Il Cichetta, che allora aveva diciassette anni, era dalle prime ore del pomeriggio intento ad allestire la sua postazione sotto il palco con il giradischi, e ad aiutare il papà e gli altri membri del partito a sistemare le ultime cose per la manifestazione. Era agitato, controllava continuamente che il suo materiale fosse in ordine, evitava di allontanarsi per paura che qualcuno gli toccasse le sue poche cose sul tavolo, dove aveva allestito la sua postazione.

Quel pomeriggio Salvatore si incontrò come tutti i giorni con Otello presso il rudere e appena lo vide gli disse: "Ote', oggi se famo du' risate, faccio scoppia' 'n casino ar comizio elettorale che ce sta in piazza".

"Che voi fa Salvato'?"

"Te fatte trova' in piazza vicino al palco der comizio, ma dalla parte de dietro pe' le cinque, poi vedrai".

"Salvato', cerco de sta' lì pe' quell'ora, ma io alle sette devo sta' a casa, artrimenti mi madre me sconocchia".

"Nun te preoccupa' alle sette stamo a casa".

Otello fu puntuale, alle cinque precise era sulla piazza dietro le transenne che delimitavano l'accesso alla parte posteriore del palco. La piazza era piena di militanti comunisti festanti in attesa dell'inizio del comizio elettorale, c'erano: donne, anziani, bambini e uomini con le loro bandiere rosse, che mosse dal vento davano alla piazza l'immagine di un enorme campo rosso. Otello cercò con lo sguardo Salvatore, quando lo vide si mise a ridere; sembrava vestito per carnevale, in testa indossava un berretto del partito, sul collo e su tutte e due le braccia aveva annodati i fazzoletti rossi e agitava un enorme bandiera a pochi metri dal palco. Così vestito era riuscito ad arrivare vicinissimo alla postazione del Cichetta, che non vedeva l'ora che arrivasse il politico per mettere il disco con l'inno. Nessuno degli addetti del servizio d'ordine lo aveva allontanato da quel posto, alla fine era solo un giovane compagno festante che non creava problemi. Otello non poteva raggiungere il suo amico per le transenne e il servizio d'ordine, allora strillò più volte il suo nome per farsi vedere. All'improvviso dietro al palco si fermò una vettura e scese l'onorevole che doveva tenere il comizio, fu subito accerchiato dai

responsabili della sicurezza; il Cichetta per vedere meglio l'onorevole si allontanò dalla sua postazione e fu allora che Salvatore si avvicinò al tavolo dove c'era l'apparecchiatura del Cichetta, tirò fuori da sotto la maglia un disco e lo sostituii con quello che era già sul giradischi.
Svelto si allontanò dalla tribuna, scavalcò le transenne e iniziò a correre verso una strada laterale della piazza. Otello, che aveva visto tutta la scena, lo seguì e quando lo raggiunse gli disse: "Ma che ce stavi a fa' sotto ar palco co' la bandiera rossa, te sei vestito come si fosse carnevale... a te nun te frega gnente della politica?"
"Zitto, zitto, dopo te dico tutto, famme leva' 'sti cazzo de fazzoletti che m'ha dato Ciccio".
Salvatore si tolse il cappello e i fazzoletti e li gettò sotto una vettura parcheggiata: "Senti, senti bene".
Dai potenti altoparlanti che erano sul palco si sentì la voce del padre del Cichetta che invitava i tanti presenti sulla piazza ad accogliere l'onorevole cantando tutti insieme 'bandiera rossa'; quello era il segnale che il Cichetta aspettava per far partire la musica, alzò il braccetto del giradischi e lo posizionò sul disco, la puntina iniziò a solcare le tracce del vinile mentre sulla piazza già parecchi manifestanti avevano iniziato a cantare l'inno del partito, ma improvvisamente dagli altoparlanti ubicati sul palco si diffusero nell'aria le note musicali di *faccetta nera*, una delle canzoni del ventennio fascista.
Scoppiò il finimondo, la gente era incredula, ci furono momenti di caos sulla piazza e sul palco, le due canzoni erano sovrapposte: l'inno del partito e la canzone del ventennio. Dopo un momento di panico il Cichetta tolse il disco, e vedendo avvicinarsi alcuni membri inferociti del servizio d'ordine svenne per la paura di essere picchiato.

Intanto i due amici si erano allontanati alla svelta dalla piazza.

"'A Sarvato', ma te sei matto, come t'è venuto in mente de armà 'sto casino, perché l'hai fatto?"

"L'ho fatto pe' scommessa co' Ciccio".

"E che cazzo de scommessa è questa? Hai rischiato de prenne le botte, io vorrebbe sape': che te sei scommesso?"

"I sòrdi, tanti sòrdi, me sto a mette da parte le mance pe' compramme 'na vespa".

"E te pe' compratte la vespa hai accettato de rischia' de esse' linciato, ringrazia Dio che t'ha detto bene, artrimenti eri finito... me piacerebbe sape' quanto t'ha promesso Ciccio pe' fatte fa 'sta cazzata".

"'Bei sòrdi... mo' te ricconto com'è annata: te lo sai che a me nun me frega gnente della politica, mentre Ciccio è 'n vecchio fascistone, quanno ha saputo der comizio m'ha detto: Turi, te voi guadagna cinquemila lire?"

"Io pensavo che dovevo fa' quarche lavoro straordinario ar bar e j'ho risposto: certo sor Ciccio, che devo fa'?"

"È 'n disco der ventennio fascista, me piacerebbe sentì la canzone uscì dall'artoparlanti che stanno sulla piazza pe' vede' che casino succede... t'avviso: si te piano io nun centro gnente, devi fa vede' ch'hai fatto tutto da solo, hai capito?"

Salvatore che non era stupido, capì che la richiesta di Ciccio era pericolosa e allora alzo la posta.

"Ho capito principa', ma visto che me devo pija tutta la corpa, lo faccio pe' diecimila lire".

"Diecimila lire so' troppe, lasciamo perde..."

"Saranno pure troppe, ma si me piano le botte le prenno io, mica le piate voi principa': dico bene?"

Ciccio ci pensò un po' prima di rispondere poi disse: "Va be' Turi, m'hai convinto le diecimila lire so' tue si ce riesci".

"Principa', se io vedo ch'è troppo rischioso me ne vado".

"Quello lo devi capi' te, si ce riesci pii i sordi".

"E io ce provo".

"E provace, famme vede' quello che sei capace de fa', io me metto vicino alla piazza pe' controlla' se ce riesci".

"Così Ciccio m'ha dato la bandiera, i fazzoletti er cappello e er disco che poi ho sostituito quanno er Cichetta s'è distratto... te dico la verità Ote': pe' 'n attimo avevo pensato de rinuncia', ciavevo 'na paura tremenda, poi ho pensato alla vespa e la paura m'è passata, e mo' Ciccio me deve da' pure i sòrdi".

"Te sarai guadagnato pure le diecimila lire, ma pe' me hai fatto 'na cazzata che nun condivido... ar poro Cichetta nun c'hai pensato?"

"Ote', io ho pensato solo alla vespa".

Otello si girò verso il vecchio Cichetta e lo guardò con tenerezza, sarebbe voluto andare da lui e dirgli tutta la verità, ma non se la sentì di affrontare quel povero uomo; a lui non piacque quel gesto che aveva fatto Salvatore ai danni del povero Cichetta, che non saprà mai chi sostituì quel giorno il disco.

Capitolo XVIII

Patrizia

Dopo aver lasciato il bar, riprese a girare per le vie del suo vecchio quartiere, sino ad arrivare davanti alla scalinata della chiesa dove aveva fatto la prima comunione. Restò fermo a guardare le mura imponenti della parrocchia come faceva da bambino prima di andare all'oratorio, tante partite di pallone aveva disputato con i suoi amici del catechismo nel campetto della Chiesa. Iniziò a salire la scalinata, aprì la porta di destra ed entrò in chiesa. Un silenzio mistico avvolgeva quelle mura, i suoi passi erano l'unico rumore che si sentiva mentre si dirigeva verso una cappella dove c'era la statua della Madonna. Otello era molto devoto alla Vergine Maria, la pregò tantissimo quando fu ricoverato in ospedale a causa delle polveri che aveva respirato l'undici settembre dopo il crollo delle torri gemelle. Rimase ricoverato in ospedale per circa sei mesi: nei suoi polmoni c'era di tutto. Durante i primi giorni di degenza pensava di morire per le grosse difficoltà che aveva a respirare, poi con il tempo riuscì a venire fuori da quell'incubo. Arrivato davanti alla statua della Vergine Maria si fece il segno della croce, in un angolo c'era il candeliere con una decina di moccolotti accesi, cercò nelle tasche alcune monete e le mise nel bussolotto, prese una candela che accese e la inserì nel supporto, poi si mise in ginocchio sul banco davanti alla statua e si raccolse in preghiera. Mentre era assorto a pregare piegato sul banco si senti mettere una mano sulla spalla e una voce femminile gli domandò: "Si sente bene?"

Era una donna sulla settantina, dai lineamenti del viso ancora giovanili: in gioventù doveva essere stata molto bella, era entrata in chiesa pochi minuti dopo Otello e si era seduta su un banco; aveva visto l'uomo fermo in quella posizione da una decina di minuti e, non vedendolo muoversi, si era avvicinata a lui.

"Si, tutto ok".

Mentre si alzava volse la testa verso la donna, incrociando il suo sguardo ebbe un sussulto. Automaticamente dalla sua bocca uscì un nome: "Patrizia". La donna rimase per un momento in silenzio e domandò: "Ci conosciamo?"

Certo che si conoscevano. Lei non lo aveva riconosciuto, gli anni avevano modificato i loro lineamenti ma lo sguardo e gli occhi erano gli stessi di quella ragazza che molti anni prima era la sua fidanzata, si conobbero il primo maggio del 1965, prima che lui partisse per l'America. Salvatore durante l'orario di lavoro aveva conosciuto Anna, una ragazza che faceva la commessa in un negozio di casalinghi all'interno del mercato. Lei tutte le mattine si recava a far colazione nel bar dove lui lavorava e tra i due era nata una simpatia; una mattina, mentre lei faceva colazione, Salvatore gli propose di uscire insieme la festa del 1° maggio, lei accetto ben volentieri anche perché quel ragazzo gli piaceva. Ma Salvatore non avrebbe mai lasciato il suo amico da solo, così le chiese di portare una sua amica per Otello. Quel sabato pomeriggio lui si presentò all'appuntamento con Salvatore convinto che avrebbe conosciuto la solita ragazza bruttina, sempre pronta a unirsi all'amica più carina pur di fare nuove amicizie. Ma appena Otello la vide, rimase senza parole, davanti a lui c'era questa giovane ragazza dai capelli castano scuri, lunghi e ondulati. Aveva occhi e fisico bellissimi e quindici anni di età. Appena Salvatore fece le presentazioni, i due rimasero in silenzio a guardarsi. Scambiati i convenevoli, tutti e quattro si avviarono verso la fermata del tram, per loro fu automatico prendersi subito per mano. Trascorsero quel loro primo incontro passeggiando e parlando piacevolmente tra i giardini di Villa Borghese e il laghetto del Pincio, presero un gelato a via del Corso: ridevano ed erano felici di stare insieme mano nella mano, arrivati a fontana di Trevi si fermarono come due turisti, si girarono e gettarono una monetina nella fontana, esprimendo lo stesso desiderio di restare insieme per sempre. Quel pomeriggio le ore passarono velocemente. Otello avrebbe voluto bloccare il tempo per non staccarsi da lei, ma Patrizia e la sua amica dovevano rincasare per le diciannove e trenta. I quattro ragazzi si recarono a prendere il tram vicino la stazione Termini e per tutto il viaggio Patrizia tenne stretta la mano di Otello. Quando giunsero nel loro quartiere le due coppie si separarono. Otello accompagnò Patrizia sino a un centinaio di metri dalla sua abitazione, i due erano entrambi alla prima esperienza amorosa di gioventù. Si fermarono sul marciapiede in prossimità di un incrocio e iniziarono a mormorarsi dolci frasi e languidi sguardi sotto la fioca luce di un lampione: sembravano due personaggi dei quadri di Eliano Fantauzzi. I loro cuori battevano a mille, tanta era l'emozione di quel momento che non riuscivano a lasciarsi, poi Patrizia guardò l'orologio e disse che doveva andare via. Prima di separarsi decisero di vedersi la mattina seguente davanti al mercato dove lavorava Salvatore. Patrizia a malincuore lasciò la mano di quel ragazzo con cui aveva trascorso un bellissimo pomeriggio, e lo salutò con un semplice "ciao". Scese dal marciapiede e prese a camminare sulla strada seguita dallo sguardo di Otello, che la guardava in estasi.

Giunta in prossimità del centro dell'incrocio, all'improvviso si girò e lo chiamò: "Otello!", lui di corsa attraversò la strada e si diedero il primo bacio incuranti delle vetture che passavano vicinissime a loro: da quel momento i due fidanzatini si frequentarono fino alla straziante partenza di Otello per l'America. Patrizia, come Salvatore, fu il secondo grosso rimpianto della sua vita; anche da lei dopo una brevissima corrispondenza non ebbe più notizie, fino a che non la rivide in quella chiesa.

Otello non rispose subito alla domanda della donna che nuovamente insisté: "Scusi, ci conosciamo?"

"Penso proprio di sì, anche se sono passati tantissimi anni da quando ci siamo lasciati, quegli occhi non li ho mai dimenticati: Patrizia, io sono Otello".

Patrizia per un momento si rifiutò di credere che davanti a lei ci fosse proprio l' uomo che aveva amato da ragazza, e disse: "No, non può essere, lei non è Otello, lui vive da tanti anni in America..."

"Sono io Patrizia, invecchiato, ma sono proprio io. Sono ritornato pochi giorni fa per Salvatore e riparto domani".

Lei, sentendo il nome di Salvatore, capì che era veramente Otello. Ebbe uno scatto di rabbia, si girò e iniziò a camminare verso l'uscita della chiesa. Lui allora la chiamò: "Patrizia, Patrizia!"

Lei seguitò a camminare senza voltarsi, poi d'improvviso si fermò poco prima di uscire.

"Io ti amavo!" La frase rimbombò nella navata della chiesa.

"Anch'io ti amavo, e ora che ti rivedo so per certo che ti amo ancora come allora".

"Perché dici che mi ami, sono passati tanti anni, non può essere vero quello che affermi".

Otello si avvicinò a Patrizia e delicatamente le prese le mani come al loro primo Incontro, dicendole: "Ti ho scritto tantissime lettere, ma non ho mai ricevuto nessuna risposta da te. Dopo la ventesima lettera scrissi a Salvatore di venirti a cercare per sapere il motivo del tuo comportamento, lui mi scrisse che non vivevi più in quella casa e nessuno degli inquilini seppe dirgli dove ti eri trasferita con la tua famiglia".

Patrizia strinse forte le mani di Otello e lo invitò a seguirla fin davanti alla statua della Madonna dove poco prima si erano visti.

"Otello, ti ricordi quella mattina di tanti anni fa in questa chiesa cosa ci siamo giurati davanti questa statua prima di fuggire insieme?"

"Certamente: amore eterno".

"Otello, lo sai che giorno è oggi?"

"Certo, è...", Otello restò per un momento in silenzio: "Il 25 agosto, come quel giorno".

"Esatto, e oggi, dopo tanti anni, noi due ci ritroviamo nuovamente in questa chiesa davanti alla stessa statua della Madonna".

"Un altro pezzo del puzzle si ricompone".

"Che puzzle?"

"Della mia vita".

"Caro Otello, la vita di ognuno di noi è un puzzle, bisogna solamente cercare di mettere gli incastri al punto giusto per essere felici, altrimenti diventa un inferno".

"Patrizia, quando sono arrivato davanti alla chiesa non era mia intenzione entrare e poi, improvvisamente, come se qualcuno mi afferrasse per mano, sono entrato e mi sono recato direttamente davanti alla statua della Madonna per pregare... e te come mai eri in chiesa?"

"Io ogni anno il 25 agosto vengo in chiesa, questo giorno per me significa tanto: quella promessa non l'ho mai dimenticata, ho sempre sperato di ritrovarti qui un giorno, com'è successo oggi".

Otello sentendo quelle parole capì che lei in tutti questi anni non l'aveva mai dimenticato, anzi, lo amava ancora: prese le sue mani e piangendo si mise in ginocchio davanti a lei e le baciò delicatamente.

Patrizia trattenne a stento le lacrime, accarezzandogli il capo lo invitò ad alzarsi.

"Vieni, usciamo dalla chiesa, a pochi metri da qua c'è un parco, andiamo a metterci seduti su una panchina, così possiamo parlare tranquillamente. I due si presero per mano come un tempo, camminando senza dire parola arrivarono al parco e si sedettero su una panchina sotto un bellissimo pino che li riparava dai raggi del sole.

"Da quel giorno in chiesa è trascorso tanto tempo".

"Tanto, tanto tempo, troppo, Patrizia!"

"Cinquantaquattro anni sono tanti, caro".

Capitolo XIX

Il giuramento

Quel 25 agosto del 1965 era di mercoledì, Salvatore era in ferie e quella mattina si stava preparando per andare al mare a Ostia con la sua fidanzata. Otello si recò a casa sua intorno alle otto e iniziò a chiamarlo, Salvatore si affacciò dalla finestra e gli disse di raggiungerlo davanti alla bisca ché doveva parlargli urgentemente. Quando l'amico arrivò con la vespa gli disse: "'A Ote', che me devi di' de cosi urgente che me sei venuto a chiama' così presto?"

"Salvato,' io ho deciso..."

"Ch'hai deciso?", domandò Salvatore.

"Scappo con Patrizia, in America nun ce vado".

"Ma che dici, me sei venuto a rompe i cojoni alle otto pe' dimme 'sta stronzata... dove voi annà senza 'na lira, senza 'n mezzo, e considera che te e lei siete pure minorenni... armeno ricordate de portatte appresso la carta d'identità".

"Nun ce l'ho, l'ha presa mi padre, la tiene insieme a tutti i documenti pe' anna' in America".

"Mejo me sento, e si te fermano che je dici, come fai?"

"Nun me interessa io nun vojo partì, e poi per mezzo c'è er motom de mi' padre... cerca de capimme: nun posso lascia' a Patrizia e a te, senza de voi che vita sarà la mia in America?"

"Ma come, dopo tutti i progetti ch'avemo fatto, che appena faccio ventuno anni vengo in America insieme a

Anna, mo' me dichi che voi scappa'... Patrizia lo sa' quello che voi fa'?"

"No, ma dopo la devo vede' davanti alla chiesa e je ne parlo, so' sicuro che pure lei è d'accordo co' me".

"Ote' pensace bene, tra pochi giorni dovete partì, tu' padre ha già preparato tutto, lo sai come s'incazza se je fai sarta' er viaggio... io nun te capisco propio, e poi 'ndò voi anna'?"

"Salvato' c'è poco da capi', ho deciso: io nun parto... da parte ciò ventimila lire pe' mette' la benzina ar motom de mi padre pe' pote' scappa co' Patrizia, e compra' da mangia pe' quarche periodo... nun me interessa la destinazione, basta che scappo".

"Io ce provo a capitte, ma me rimane difficile... comunque viè qua, fatte abbraccià".

Salvatore prese il portafoglio dalla tasca e tirò fuori dei soldi: "Tiè , pija 'ste seimila lire, nun te posso da de più, je volevo offri' er pranzo ar mare a Anna, vora di' che oggi se magnamo er panino co' la mortazza".

"Grazie Salvato', te voio bene più che a 'n fratello".

I due amici si salutarono. Otello non volle dire a Salvatore dove si sarebbero recati nel caso Patrizia fosse scappata con lui. Una volta lasciato il suo amico si recò davanti alla chiesa, dove lo attendeva Patrizia, che appena lo vide lo baciò. Lui le strinse la mano e insieme si recarono all'interno dell'oratorio e si sedettero su un muretto. Patrizia domandò al fidanzato per quale motivo l'avesse voluta incontrare così presto e davanti alla chiesa. Otello allora iniziò a esporre il suo progetto e lei ascoltò fino alla fine senza mai interromperlo; quando le chiese se era disposta a fuggire insieme a lui Patrizia non esitò e disse sì, era entusiasta della proposta, non aveva dubbi dovevano fuggire, ma prima di mettere in atto il loro progetto prese per mano Otello e entrarono in chiesa; lo portò davanti alla statua della Madonna dove lo avrebbe rivisto tanti anni dopo e insieme si inginocchiarono. Patrizia disse a Otello: "Amore mio, prima che io faccia quello che mi hai chiesto, voglio che tu mi giuri davanti alla Madonna che ci ameremo per sempre e non ci lasceremo mai, e anche se ci separeranno ci cercheremo per restare insieme tutta la vita".

Otello unì le sue mani insieme a quelle di Patrizia e rivolgendosi verso l'immagine sacra disse: "Amore, giuro davanti alla Madonna che non ti lascerò mai e se per qualche motivo ci separeranno, io ti cercherò per tutta la vita sino a ritrovarti".

Poi i due si alzarono e si avviarono verso l'uscita decisi a mettere in atto il loro piano.

Quando furono fuori dalla chiesa disse a Patrizia di recarsi a casa e preparare i capi di vestiario da portarsi appresso, di non dimenticare il costume e un giubbino per il viaggio. Si raccomandò che ritornasse per le ore dodici davanti alla chiesa. Lui non doveva recarsi a casa, aveva già con sé una piccola sacca con le poche cose che gli occorrevano, la sera prima aveva preparato e nascosto sotto il letto tutto l'occorrente per la fuga; era ancora estate e non c'era necessità di avere troppi capi di abbigliamento, in più aveva messo anche una torcia, dei fiammiferi e un coltello da caccia che aveva preso al papà. Poi si recò presso l'officina meccanica dove suo padre aveva portato la moto in conto vendita, sperava di riuscire a venderla prima della partenza per l'America. Una volta arrivato in officina disse al meccanico che il papà aveva venduto il Motom a un suo parente, e aveva mandato lui a prendere la moto per portarla a casa. Il meccanico conosceva Otello e senza sospettare niente gliela consegnò. Uscito dall'officina con il mezzo si fermò dal primo benzinaio a fare il pieno alla moto. Nel frattempo Patrizia era giunta a casa, senza far insospettire sua madre si era chiusa in cameretta e aveva preparato il suo sacchetto di indumenti per la fuga. Attese che sua madre uscisse a fare la spesa per mettere in atto il suo piano, suo padre era al lavoro ma non se la senti di andare via senza aver scritto prima su un foglio due righe ai genitori, dove spiegava il motivo del suo gesto; sperava di tranquillizzarli con quella lettera e la nascose sotto il suo cuscino.

Capitolo XX

I genitori di Patrizia

Patrizia era figlia unica e i genitori la adoravano, vivevano solo per lei. La mamma, prima di avere Patrizia, aveva perso un bimbo a tre mesi di vita; la seconda volta che rimase in stato interessante ebbe al quarto mese un aborto spontaneo ed era convinta che Dio l'avesse punita a causa del suo matrimonio. Un matrimonio che nel paese dove vivevano e non solo, visto il periodo in cui accadde il fatto, aveva fatto scandalo. Il papà di Patrizia era il parroco della chiesa che frequentava da giovane la mamma. Fu assegnato a quella parrocchia nel 1944, per sostituire il vecchio parroco: era un uomo bellissimo, troppo bello per il ruolo che aveva nella comunità parrocchiale di quel paese. La mamma di Patrizia invece era una giovane insegnante di musica e la domenica durante la messa principale suonava l'organo e cantava: aveva una voce stupenda. Si era impegnata nella vita parrocchiale per superare il dolore di aver perso il suo fidanzato un paio di anni prima durante la guerra in Russia. Per lei non fu subito amore per quel giovane parroco, inizialmente s'incontravano in chiesa una volta alla settimana per definire i canti per la funzione della domenica. Nessuno dei due pensava all'amore, ognuno rispettava l'altro per il proprio ruolo all'interno della comunità parrocchiale. Poi accadde l'imprevisto. La mamma di Patrizia dopo qualche mese che frequentava le riunioni con il giovane parroco si rese conto di essere attratta da quell'uomo; anche se era un prete, lei lo desiderava. Non vedeva l'ora che arrivasse il giorno del loro incontro settimanale per rivederlo, molte volte si recava anche alla messa serale pur di incontrarlo e scambiare qualche parola con lui, quei brevi momenti la facevano sentire felice. Ogni giorno che passava quel sentimento dentro di lei aumentava, pensava a lui giorno e notte e ormai ne era innamorata, ma non sapeva come dire a quel giovane prete del suo amore. Poi un giorno arrivò l'occasione giusta per dichiarare il suo amore. Fu un incontro casuale e inatteso in città, durante una giornata piovosa e fredda di fine novembre. Quel giorno la mamma di Patrizia era andata in città perché aveva ottenuto una cattedra come insegnante di musica presso una scuola privata, doveva sostituire l'insegnante di ruolo che era andata in pensione, ed era stata convocata dall'istituto per firmare i documenti di assunzione. Uscita dalla scuola si diresse verso la stazione dei pullman che si trovava a circa un chilometro per prendere quello che l'avrebbe riportata in paese. La pioggia era incessante e anche se aveva l'ombrello aperto si bagnava ugualmente; si diresse verso dei portici per ripararsi. Una volta sotto i portici si guardò intorno, a una decina di metri da lei riconobbe tra quelle persone che si erano riparate il parroco. Anche lui era in città, era stato in curia per il solito incontro mensile con il Vescovo della diocesi e attendeva che smettesse di piovere per andare a prendere la sua vecchia auto parcheggiata poco distante. I battiti del suo cuore incominciarono ad aumentare, l'uomo di cui è innamorata era lì e cosa più importante non erano in paese. Quella era l'occasione giusta per dichiarare il suo amore, ma mille dubbi l'assalirono: era giusto imbarcarsi in un'avventura del genere? Come avrebbe preso quel prete la sua dichiarazione d'amore? Si faceva tante domande senza avere una risposta certa, l'unico modo per sapere come avrebbe reagito era andare da lui. Si appartò dietro una colonna del portico, si sistemò la capigliatura e si rinfrescò il rossetto sulle labbra, poi fece un gran respiro e si diresse verso di lui. Il parroco era intento a leggere l'Osservatore Romano, lei gli mise una mano sulla spalla, lui si girò per vedere chi fosse e con sorpresa la riconobbe. Iniziarono a raccontarsi della loro presenza in città per poi passare a parlare del più e del meno. La pioggia scendeva ancora copiosa, allora il parroco le propose di recarsi a prendere un caffè all'interno di un bar che era sotto i portici, lei acconsentì: in quel momento sarebbe andata anche sulla luna con lui. Come diminuì l'intensità della pioggia il parroco disse alla mamma di Patrizia che se le faceva piacere poteva accompagnarla con la vecchia fiat topolino in paese, lei accettò ben volentieri la proposta: quello era il momento giusto per trovare il coraggio di dirgli che lo amava. I due aprirono i loro ombrelli e si recarono verso il parcheggio, salirono in macchina e partirono. Era felice, avrebbe fatto il viaggio con quell'uomo dentro la piccola vettura. Il paese si trovava a quaranta chilometri dalla città, perciò sarebbe stata quasi un'ora sola con lui. Mentre viaggiavano il parroco raccontava dei suoi progetti futuri per la comunità della parrocchia, ma lei non ascoltava cosa diceva, era emozionata: sentiva solo il desiderio di abbracciare quell'uomo che amava, il suo corpo era a venti centimetri da lui, sentiva il suo profumo, gli piaceva tutto di quel giovane prete. All'improvviso l'auto sbandò per l'asfalto zuppo d'acqua, il parroco accostò su una stradina laterale per vedere se aveva forato una gomma, scese e dopo aver verificato che le ruote erano a posto rientrò in auto. Guardando la donna disse che la sbandata era stata causata della pioggia. Quello era il momento giusto, i loro volti erano a pochi centimetri l'uno dall'altro, e prima che lui rimettesse in moto la vettura lei gli prese con le mani il volto e lo baciò, lui rimase per un momento spiazzato da quel gesto inaspettato ma non si staccò: anche perché in cuor suo amava quella donna. Quello fu il primo di tanti baci che i due si diedero nei mesi successivi. Inizialmente i due amanti si frequentarono di nascosto fuori dal paese, il loro amore rimase segreto per pochi mesi finché qualcuno li vide insieme in città e iniziarono i pettegolezzi. Qualche fedele che non gradì la cosa, forse per gelosia, o forse perché da cattolico non accettava di buon occhio quella situazione e avvisò il Vescovo con delle lettere anonime. Dopo vari richiami in Curia il futuro papà di Patrizia si spogliò dell'abito talare e si unì in matrimonio civile con la mamma. Patrizia sapeva tutta la storia dei suoi genitori, per questo scrisse quella lettera, pensava che loro avendo vissuto in passato una storia d'amore particolare avrebbero capito il suo gesto.

Capitolo XXI

Chiarimenti e la fuga

Otello si alzò dalla panchina e mettendosi davanti a Patrizia gli disse: "Patrizia, perché non hai mai risposto alle lettere che ti ho scritto?"

"Otello è una storia lunga, posso dirti che a casa ho tutte le tue lettere".

"Sarà anche una storia lunga, ma io aspetto una risposta da più di cinquant'anni... perché non mi hai mai scritto?"

"Perché le lettere le aveva mia madre... me le ha date vent'anni fa un mese prima che morisse... quando arrivò la tua prima lettera mamma la trovò nella cassetta e non me la diede, il giorno dopo avvisò il portiere di dare a lei le lettere che arrivavano a mio nome e fu così fino a che non abbiamo cambiato casa".

"E io che pensavo che te non mi amassi più, ma per quale motivo ha fatto questo?"

"Per un solo motivo che dopo ti dirò".

"Perché dopo e non adesso?"

"Ti ricordi il giorno che siamo fuggiti con la moto di tuo padre?"

"Certo che lo ricordo, sapessi quante volte ho rivissuto in questi lunghi anni quella nostra fuga con il motom di mio padre, che avventura, che bei momenti, quanto amore".

"Tanto amore, Otello, anche io non ho mai dimenticato quei pochi giorni che abbiamo vissuto insieme, e anche volendo non potrò mai dimenticarli perché li rivivo tutti i giorni".

Quel lontano giorno, verso mezzogiorno, i due si ritrovarono davanti alla chiesa dove avevano concordato l'appuntamento. Patrizia aveva con sé un piccolo fagottino con dentro le sue cose, e altre ottomila lire che aveva da parte nel suo salvadanaio da portare in dote per la loro fuga. Erano emozionati e eccitati per l'avventura che li attendeva, non si ponevano domande, dovevano subito partire: fuggire il più lontano possibile per vivere il momento magico che li avrebbe segnati nel bene e nel male per tutta la vita. Il loro amore andava vissuto, erano coscienti che si stavano avventurando in una fuga senza possibilità di uscire vincitori, ma dovevano provare, era l'unico modo per stare ancora più tempo insieme. Quanto tempo non era dato saperlo, e sperare di essere ritrovati il più tardi possibile. Intorno alle tredici Otello mise in moto il Motom, strinse Patrizia tra le sue braccia senza dire una parola, si guardarono negli occhi come per dire: ci siamo, fece salire la ragazza sul sellino posteriore che il papà tempo prima aveva fatto rivestire per portare lui o le sorelle e lei strinse le braccia intorno alla vita del suo fidanzato.

Otello percorse tutte strade interne per evitare brutte sorprese con la polizia, sapeva benissimo dove recarsi. Era un posto di mare nei pressi di Latina ancora selvaggio, lo aveva visitato un giorno con suo padre durante una battuta di caccia. Il papà di Otello era un uomo casa e lavoro, ma aveva la passione per la caccia, una passione ereditata da suo padre. Ogni anno all'apertura della stagione venatoria organizzava con i suoi amici la battuta di caccia in un posto diverso della regione. Un giorno andarono in quel luogo sul litorale laziale e Otello rimase affascinato dalla sua bellezza e della natura selvaggia: il mare era stupendo e i ruderi romani con il castello gli davano un aspetto da cartolina. Per raggiungere la spiaggia si doveva lasciare una stretta strada provinciale e immettersi in quella fitta macchia mediterranea per un paio di chilometri percorrendo un sentiero appena accennato nella vegetazione.

Per questo decise di portare lì Patrizia, sapeva che sarebbero stati tranquilli per alcuni giorni; prima di arrivare si fermarono in un paese che distava una decina di chilometri dalla loro meta per acquistare degli alimenti. Avevano ancora tre ore di luce prima che calasse il sole, dovevano sbrigarsi per trovare un posto riparato dove trascorrere la notte. Ripartirono dal paese con gli acquisti, e poco dopo la partenza Otello vide su una stradina della periferia del paese una vettura parcheggiata con un grosso telo impermeabile. Si fermò di scatto: controllò se c'era gente nei paraggi, scese dalla moto e disse a Patrizia di avvisarlo se vedeva arrivare qualcuno. Attraversò la carreggiata e una volta raggiunta la vettura prese un lembo del telo, con sveltezza lo tolse dall'auto che copriva una fiammante Fiat 1300 e lo piegò, lo mise sul sellino dove sedeva Patrizia e ripartirono di corsa verso la loro meta. Il viaggio, in tutto, durò quasi quattro ore prima che raggiunsero il loro eden. Tanto il loro amore era grande, nei loro corpi non c'era stanchezza ma solo felicità.

"Ricordi quando ho allestito la tenda per la notte con il telo della macchina?"

"Certo che mi ricordo, ricordo tutto di quella sera e di quella nostra prima notte che abbiamo dormito insieme".

Capitolo XXII

La prima notte

Quando giunsero nella pineta, che era parte integrante della macchia mediterranea, fermò la moto nel punto dove terminava lo stretto sentiero e iniziava la spiaggia: la moto non sarebbe potuta andare più avanti per la sabbia. La prima cosa che Otello fece fu quella di trovare un posto adatto per preparare un giaciglio per la notte. Aveva intenzione di fare una tenda tipo canadese con il telone della vettura.

I due ragazzi si misero alla ricerca di lunghi rami secchi caduti dai pini per allestire il telaio sul quale poter montare il telone della macchina. Sulla spiaggia trovarono anche un lungo pezzo di una rete da pesca portata da qualche mareggiata, usarono del cordame per legare i sostegni. Otello con l'aiuto di Patrizia e del suo coltello, riuscì a tagliare alla perfezione il telo e ad allestire la piccola tenda fermandone i lati sotto la sabbia; con un pezzo avanzato del telo fece anche un tappeto interno che li isolava dall'umidità della sabbia. Erano soddisfatti della loro costruzione, il giaciglio era pronto. Il sole ormai era in fase calante, si avvicinava sempre di più verso la lunga linea dell'orizzonte riflettendo la luce sulle calme acque di un mare estivo. Otello accese un fuoco davanti alla tenda con delle pigne secche che aveva trovato nella pineta mentre Patrizia, che era all'interno della tenda, aveva preparato dei panini per la loro prima cena insieme. Il bagliore delle fiamme del fuoco illuminava i loro giovani volti, nel silenzio più assoluto i due innamorati mangiarono e, finita la cena, si presero per mano e iniziarono a camminare sulla riva del mare. In lontananza si vedevano le luci delle paranze dei pescatori, i due ridevano, si rincorrevano sul bagnasciuga e si baciavano: erano felici e spensierati, evitavano di parlare del loro futuro, per loro in quel momento era importante solo il presente. Stanchi se ne ritornarono verso la tenda e vi entrarono, si sdraiarono tenendosi per mano con la testa leggermente fuori l'entrata del rifugio, cercando di individuare in quella volta celeste piena di stelle il pianeta della dea dell'amore, Venere. In quel momento sulla spiaggia c'erano solo loro e il fruscio delle onde del mare che gli teneva compagnia: erano come Adamo ed Eva nell'Eden.

"Non ci decidevamo di andare a dormire".

È vero, cercavamo sempre un pretesto per ritardare quel momento, ero certa che quella notte sarebbe accaduto qualcosa che avrebbe cambiato il corso della mia vita, e così è stato, almeno per me".

"Non solo per te Patrizia, per entrambi".

Quando decisero di mettersi a dormire era quasi mezzanotte. Otello chiuse con un grosso sasso e la sabbia la parte di telone che faceva da entrata e accese la torcia per fare luce; si sistemarono sul materassino gonfiabile che aveva comprato quando si era fermato per fare acquisti. Si sentivano in imbarazzo per la situazione che si stava creando, avrebbero dormito insieme uno accanto all'altra.

Rimasero seduti in silenzio guardandosi negli occhi al bagliore della luce della torcia: erano come bloccati, non sapevano cosa fare, poi Otello chiese a Patrizia dove preferiva mettersi sul materassino.

Lei rispose che non aveva preferenze e si sdraiò su un lato, lui si sistemò in quello opposto; l'intenzione era di

dormire, ma i due ragazzi avevano capito che non sarebbe successo: i loro istinti erano in preda al desiderio. I
corpi erano talmente vicini che si toccavano con le spalle, un foglio di carta non avrebbe trovato spazio tra loro.
Si baciarono e si diedero la buona notte, lui spense la
torcia, ma non riuscivano a dormire. Dopo qualche minuto la piccola tenda iniziò a diventare una sauna.
Otello accese la luce della torcia e si mise seduto, si tolse
il giubbino e la maglia per il caldo, anche lei fece lo stesso. Si guardarono negli occhi e capirono che il desiderio
era la causa di quel calore.
Lui prese delicatamente con le mani il viso di Patrizia e
si baciarono con passione, i loro occhi emanavano una
luce nuova, i corpi fremevano, sentivano i loro cuori
pulsare sempre più forte. Ormai volevano solo amarsi.
Lei si fece togliere il reggiseno e si strinse a lui, si sdraiarono sul piccolo materassino e iniziarono a scoprirsi:
nella piccola tenda i due ragazzi si amarono intensa-
mente, sarà un'esperienza che ricorderanno per tutta la
loro vita.
"Vorrei risentire quelle tue braccia intorno al mio corpo,
come quella notte".
"Caro, sono passati molti anni da quel momento, ora abbiamo i capelli bianchi tutti e due, non siamo più giovani".
"Lo so che è passato tantissimo tempo, ma non potrò mai
dimenticare quei magnifici giorni della mia vita trascorsi insieme".
"Della nostra vita", disse Patrizia e aggiunse: "Otello, ti
ricordi dopo quella notte come ci svegliammo?"
"Ricordo molto bene, era da poco che ci eravamo addor-
mentati e fummo svegliati da quei boati".
"Io mi spaventai molto, tanto erano forti le esplosioni di
quelle bombe che per la paura mi strinsi forte a te".

Capitolo XXIII

Le bombe

Si addormentarono che era notte fonda.

Stanchi, ma felici, stretti l'uno all'altra dopo essersi fatti un bagno nudi al bagliore della luna. All'alba si svegliarono di soprassalto per dei boati provenienti dal mare. Otello accese la torcia e vide Patrizia preoccupata per le esplosioni, aprì uno spiraglio dall'apertura della tenda per vedere cosa stesse succedendo fuori e vide un gozzo con due pescatori di frodo a una cinquantina di metri dalla riva che lanciavano bombe in mare per uccidere i pesci. Evitò di uscire dalla tenda per non essere visto. Nel frattempo i due pescatori stavano recuperando in fretta con i guadini i pesci tramortiti; appena ebbero finito di caricare sulla barca il pescato ripartirono e Otello uscì dalla tenda. Si avvicinò alla riva e vide a pochi metri di distanza i corpi di alcuni pesci vittime delle bombe che galleggiavano nella calma acqua del mare. Otello preso dalla compassione entrò in acqua più volte per recuperarli e li adagiò sulla riva. Nel frattempo Patrizia era uscita dalla tenda, si avvicinò a quel tratto di spiaggia dove Otello aveva depositato i corpi inermi e si commosse: non riusciva a trattenere le lacrime per la morte cruenta che avevano subito quei poveri pesci. Lui si avvicinò e la strinse in un abbraccio di conforto, poi Patrizia si diresse verso la pineta e iniziò a scavare con le mani una buca nella sabbia. Otello la seguì e si mise in ginocchio davanti alla sua donna senza dire una parola, la guardò negli occhi e iniziò a scavare anche lui.

Appena la buca fu abbastanza profonda presero i pesci senza vita e ve li adagiarono, ricoprendoli con la sabbia.

"Devi sapere, Otello, che io per molti anni non ho mangiato pesce".

"Avevo sempre quell'immagine orribile in mente", disse Patrizia.

"Fu una brutta esperienza che ci lasciò amareggiati, ma poco dopo il calore dei primi raggi di sole ci scaldò, ci prendemmo per mano e di corsa ci tuffammo in quell'azzurro mare che ci accolse coccolandoci, mentre noi ci amavamo... quando uscimmo dall'acqua ci addormentammo sulla sabbia".

"Ti addormentasti te, Otello, io non riuscii a dormire tanto ero felice. Tenevo la testa appoggiata sul tuo cuore, ne sentivo il battito. Era un battito di vita e d'amore".

"Un amore che per me non è mai finito, Patrizia".

Otello prese le sue mani e le baciò.

"Mi hai accennato che tua madre ti ha nascosto le mie lettere fino a poco prima che morisse. Dimmi: perché siete andati via da quell'abitazione? Dove vi siete trasferiti?"

"Vuoi che ti risponda alla prima domanda o alla seconda?"

"A tutt'e due, devo sapere cosa è successo in quel periodo".

"Caro Otello, quando i nostri genitori ci vennero a prendere in commissariato, dopo che i carabinieri ci portarono via dalla spiaggia e che ci separammo, ti dissi che ti avrei sempre amato e ti avrei raggiunto in America".

"Ricordo benissimo quel triste momento in caserma quando fummo riconsegnarci ai nostri genitori: fu straziante, piansi per giorni".

"Per me furono strazianti anche i mesi e gli anni successivi alla tua partenza".

"Perché dici questo, cosa accadde?"

"Caro, quello che ti dirò ora è molto importante, riguarda le nostre vite passate e forse future... devo essere sicura che tu non m'interrompi fino a che non ho finito di raccontare".

"Lo prometto, Patrizia".

"Bene... quando siamo ritornati a casa mia madre mi domandava in continuazione se io e te in quei giorni che eravamo stati insieme avessimo fatto cose zozze, come diceva lei, ma io negavo... poi, venti giorni dopo iniziai a stare male, non dissi niente ai miei genitori: avevo nausee e come bevevo l'acqua rimettevo. Durò poco mantenere il segreto... lei si accorse di quello che mi accadeva e notò che erano due mesi che non mi veniva il ciclo e ricominciò a fare domande..."

Otello provò a parlare, ma Patrizia gli fece cenno con la mano di non dire niente e riprese il racconto.

"Io seguitavo a negare, ma lei decise di portarmi dal medico per una visita e mi fece fare delle analisi. La risposta confermò il sospetto di mia madre: ero incinta, aspettavo un figlio da te".

Otello si alzò di scatto dalla panchina e iniziò a fare avanti e indietro dicendo ripetutamente: "Ho un figlio, ho un figlio... sono padre e non lo sapevo, che bella notizia Patrizia, dimmi: quanti anni ha, cosa fa, come si chiama?"

"Calma, una cosa per volta".

Patrizia si alzò, gli prese la mano e lo fece sedere nuovamente sulla panchina.

"Scusa, ma l'emozione è stata tanta: come la presero i tuoi genitori?"

"Inizialmente mia madre malissimo, tanto che volle andare via da quella casa per evitare che Salvatore ti facesse sapere del bimbo, e ci trasferimmo a Bolsena... Papà è stato molto dolce con me, forse perché era un ex uomo di chiesa e per lui la vita era sacra. Mi ha aiutato tantissimo sino alla sua morte, nel 1970, quando il bimbo aveva quattro anni. Gli voleva un sacco di bene, alla fine anche mamma adorò il bambino. Lei oltre me non poté più avere figli".

"Immagino i momenti difficili che hai passato durante tutti questi anni a far crescere tuo figlio, cioè, nostro figlio... E io dall'altra parte dell'oceano ignoravo tutto questo, ero certo che non poteva essere stata solo una piccola avventura la nostra e oggi so che è così... grazie a Salvatore un altro tassello del puzzle va al suo posto".

"Otello abbracciò Patrizia per portarla a sé, ma lei per un istante mise la mani sul suo petto per tenerlo a distanza e gli disse: "Otello, no".

Ci fu un momento di silenzio tra i due, i loro sguardi s'incrociarono come tanti anni prima quando si videro per la prima volta; ora erano più maturi, ma i loro occhi splendevano ancora d'amore. Poi lei tolse le mani e i due si diedero un delicato bacio sulle labbra. Otello gli disse: "Tua madre mi avrà odiato per tutto il periodo che è stata in vita".

"Non ti odiava, ma avrebbe preferito che tutto ciò non fosse mai accaduto: ero l'unica figlia, inizialmente pensò che la mia fuga fosse un nuovo castigo divino per l'amore che aveva avuto con papà".

"Capisco, ma ora dimmi: come si chiama nostro figlio, dove vive, è sposato?"

"Si chiama come te, ma noi in famiglia lo chiamiamo con il nome di mio fratello, che morì a tre mesi di vita. Mia madre non voleva che lo chiamassi Otello, con l'aiuto di mio padre arrivammo a un compromesso e da allora va avanti così".

"Che bella cosa sapere che mio figlio ha il mio stesso nome: com'era da bambino?"

"Non mi basterebbe un mese per raccontarti di lui, però ti posso dire che è un bravissimo figlio, è felicemente sposato con una bellissima donna e ha due figli: un maschio di vent'anni e una figlia di venticinque... Ha una casa e un'attività lavorativa in proprio".

"Una sorpresa dietro l'altra, un figlio e due nipoti! Di cosa mi ha privato quel trasferimento in America, saremmo stati felici e avrei vissuto momenti bellissimi con te e loro... che peccato!"

Otello si commosse, restò in silenzio. La vita l'aveva privato dei suoi cari e si mise a piangere. Patrizia gli strinse le mani e aspettò che si sfogasse, poi gli passò un fazzoletto per asciugare gli occhi.

"Piangere a volte fa bene, sapessi quante volte la sera ho pianto pensando a te".

"Raccontami di te Patrizia, cosa hai fatto in questi anni, ti sei sposata, dove vivi?"

"Otello, preferirei che inizi te a raccontami della tua vita in America, poi ti dirò della mia vita qua, ma prima alziamoci e camminiamo un po'".

I due si alzarono, si presero per mano e iniziarono a camminare all'interno del parco.

"Appena giunti in America per me è stata dura, non sapevo l'inglese, perciò mi sono dovuto iscrivere a una scuola per immigrati per imparare la lingua, non avevo amicizie... l'unico scontento della famiglia ero io, rinfacciavo a mio padre il fatto che ti avevo lasciato, ma lui mi diceva sempre la solita cosa: quando sarei maggiorenne deciderai cosa fare, se rimanere in America o ritornare in Italia".

"E perché non lo hai fatto, io ero qua ad aspettarti allora, come oggi", disse Patrizia.

"L'unico mio riferimento era Salvatore, lui mi scrisse che te non abitavi più in quella casa e non seppe mai dove ti eri trasferita, le lettere che ti inviavo non ricevevano una risposta: ora so il motivo, ma a quel tempo iniziai a pensare che tu non mi amassi più... Alla fine, dopo pochi mesi dalla mia partenza, di te e Salvatore non seppi più niente, non avevo più riferimenti a cui chiedere informazioni e mi arresi... Mi impegnai nello studio, presi il diploma da geometra e iniziai a lavorare con mio padre nell'impresa di suo cugino per qualche anno, sino a che non mi arruolai nei vigili del fuoco di New York... Ho vissuto i momenti terribili dell'undici settembre, mi sono salvato per miracolo, ho respirato tanta polvere velenosa dopo il crollo delle torri gemelle che avevo difficoltà a respirare, ero ridotto proprio male... sono stato ricoverato molti mesi ed ora due volte l'anno mi sottopongo al check-up per vedere se non ho ospiti nei polmoni... Nel 2010 sono andato in pensione e vivo in una villetta da solo nel New Jersey... Tutto qui. Prima che mi domandi se mi sono sposato ti dico di no, nel mio cuore c'eri e ci sei solo tu".

"Otello, non ti avrei mai chiesto se ti fossi sposato o delle avventure che hai avuto in questi anni, capisco bene la situazione. Se tu sei d'accordo eviterei di farci domande al riguardo, io da parte mia ti posso dire che non mi sono mai sposata, in tutti questi anni ho sempre creduto che ci saremmo rincontrati e oggi quel mio desiderio si è avverato".

"Hai ragione, evitiamo certi argomenti e godiamoci questo momento, già abbiamo sofferto tanto, dimmi: cosa è successo quando è nato nostro figlio?".

Patrizia riprese il racconto mentre il sole iniziava a calare e un leggero vento di ponente alleviava la calura.

"Quando è nato il bambino non sono più andata a scuola per un anno. La mamma, che era insegnante di musica, mi dava lezioni di piano; poi ho ripreso gli studi e mi sono diplomata alle magistrali. Quando papà è venuto a mancare ho convinto mia madre a tornare a Roma e siamo nuovamente tornati a vivere in questo quartiere. Una delle prime cose che feci appena ritornata in città fu quella di cercare Salvatore, andai presso la casa che aveva tra le arcate dell'acquedotto, ma non c'erano più abitazioni. Erano state abbattute. Mi ricordai del bar dove lavorava e lì seppi dal suo ex titolare tutta la storia della sua morte: l'unica persona che poteva aiutarmi a ritrovarti non c'era più".

"Salvatore ti avrebbe permesso di ritrovarmi, ma il destino è stato crudele con lui e con noi, Patrizia".

"Già", disse Patrizia riprendendo il racconto: "Quella notizia mi sconvolse a tal punto che mentre ritornavo a casa non riuscivo a trattenere le lacrime per il gran dispiacere, piangevo continuamente... Dopo un paio di giorni pensai di andare a trovare Anna, forse lei mi avrebbe potuto aiutare a ritrovarti.

Purtroppo la portinaia mi disse che la madre di Anna non viveva più in quella casa, era ritornata al paese dopo la morte della figlia".

Otello rimase di stucco nel sentire le parole di Patrizia: "Anche Anna era morta?"

"Si, poverina. Chiesi alla portinaia maggiori dettagli e mi raccontò che dopo la scomparsa di Salvatore non si era più ripresa ed era caduta in una profonda depressione, così la madre la portò dallo psicologo. Le furono prescritti dei farmaci per aiutarla ad uscire da quello stato, ma non sortirono l'effetto desiderato. Anna era sempre più depressa, non usciva più dalla sua camera, ormai era completamente assente. La madre prese l'aspettativa per starle vicina, non voleva lasciarla da sola a casa... ma una mattina, mentre sua madre era in bagno a lavarsi, lei uscì dalla stanza: aprì la porta di casa, salì sul terrazzo condominiale all'ultimo piano e si gettò di sotto. Erano passati solo quattro mesi dalla morte di Salvatore. Per sua madre è stato un dramma, non poté più vivere in quella casa, troppi ricordi dolorosi erano in quell'appartamento, così poco dopo si trasferì al suo paese natìo".

"Ecco perché quando scrissi ad Anna per avere notizie tue e di Salvatore la lettera ritornò indietro con la scritta: mittente sconosciuto".

"Avevi scritto ad Anna?"

"Si, prima mi sono dimenticato di dirti questo particolare, ecco come è andata: ero disperato e pensavo sempre a te, poi un giorno mi ricordai di una foto che ci aveva fatto Anna una domenica che eravamo andati tutti e quattro a Villa d'Este a Tivoli. Ero certo di averla messa tra le mie cose quando siamo partiti dall'Italia, poterti rivedere in foto mi avrebbe aiutato moralmente... me la fece recapitare da Salvatore dentro una busta con il negativo, volevo farla sviluppare in un formato da poter mettere in una cornice e regalartela. La cercai tra le mie cose, ma non la trovai. Allora chiesi a mia madre, mi disse di guardare nella scatola dove avevamo le foto di famiglia... Girai sul tavolo tutto il contenuto della scatola e alla fine trovai la busta dello studio fotografico con all'interno la foto: sulla busta c'erano scritti i dati di Anna e il suo indirizzo. Ero felice come un bambino, finalmente potevo rivedere il tuo volto. Scrissi subito a Anna sperando di avere finalmente notizie di voi due, ma non fu così e ora ne conosco il motivo".

"E la foto che fine ha fatto?"

"È stata sempre con me".

Otello prese il portafoglio e tirò fuori la vecchia foto.

"A casa sul comodino ne ho una più grande. Guarda come eravamo giovani e innamorati".

Patrizia prese la foto dalla sua mano e la guardò in silenzio, poi si avvicinò a lui, gli accarezzò il viso e disse: "Se prima in chiesa avevo dubitato che tu mi amassi ancora, ora ho la prova che quello che mi hai detto è la verità... non si porta con sé per un'intera vita la foto di una donna che non si ama".

Otello la strinse a sé e la bacio teneramente sulla guancia.

"Questa foto mi ha aiutato tantissimo, sapessi quante volte in questi anni, nei momenti di tristezza, guardandola rivivevo i giorni felici passati insieme a te".

"Ti capisco, io qua avevo nostro figlio che mi aiutava ad andare avanti e a pensare a te".

"E io questa foto".

I due si abbracciarono e rimasero in silenzio, le parole in quel momento non servivano, ora sapevano che il loro amore non era mai finito.

"Dimmi: dopo che hai saputo di Anna cosa hai fatto?"

"Nel frattempo avevo fatto un concorso per diventare maestra alle elementari e l'avevo vinto. Perciò ho svolto il lavoro di insegnante fino a dieci anni fa, quando sono andata in pensione".

"La prima volta che nostro figlio ti ha chiesto dove era il suo papà, cosa gli hai detto?"

"È stata dura, per i primi anni ha creduto alla storia che eri morto in un incidente sul lavoro prima che nascesse... poi un giorno, quando iniziò le scuole superiori, gli raccontai una mezza verità: che eri andato a vivere in America Latina, ma non sapevo in quale nazione".

"Perché in America latina?"

"Non lo so, forse per paura che da grande ti venisse a cercare".

"E come reagì alla notizia, mi avrà sicuramente odiato?"

"No, capì la situazione. Si rammaricò solo che tu non mi avessi cercato".

"Ma ora sappiamo entrambi la verità che ci ha tenuti lontani per tutti questi anni".

"Già, tutti e due lontani a tormentarci, Otello. Si vede che le nostre vite dovevano essere vissute in questo modo".

Il sole era ormai calato e la luna prendeva il suo posto nella volta celeste. Intanto nel parco si erano accese le luci dei lampioni, i due si presero per mano e seguitando a parlare si ritrovarono nuovamente davanti al piazzale della chiesa. Quello stesso piazzale, che molti anni prima era stato il punto di partenza della loro fuga d'amore, interrotta il 29 agosto a causa dei pescatori di frodo. Alla capitaneria di porto erano giunte delle segnalazioni di esplosioni che avvenivano all'alba davanti al tratto di costa dove i due ragazzi avevano montato la tenda, così decisero insieme ai carabinieri di fare dei controlli per terra e per mare.

Quella domenica mattina intorno alle sei furono svegliati dai carabinieri che bussando sulla tenda gli intimarono di uscire per dei controlli. I due ragazzi erano spaventati, non erano certi che fuori ci fossero veramente i militari dell'arma.

Otello allora prese il coltello di suo padre e lo strinse con una mano dietro la schiena, con l'altra aprì uno spiraglio della tenda per verificare chi ci fosse fuori. Appena vide che era un carabiniere lo lasciò cadere e uscì seguito da Patrizia. Sulla spiaggia c'erano mezza dozzina di militari dell'arma che facevano domande alle poche persone che la sera prima si erano accampate sulla spiaggia per pescare. L'appuntato gli domandò da quanto tempo pernottavano sull'arenile e se durante la loro permanenza avevano sentito delle esplosioni in mare; i due ragazzi risposero che solo una mattina erano stati svegliati dalle esplosioni, il carabiniere appuntò la loro dichiarazione e poi li salutò. I due si guardarono come per dire: è andata. Qualche minuto dopo il carabiniere ritornò e gli chiese i documenti, disse che si era dimenticato di annotare i loro dati sul foglio della dichiarazione che avevano fatto. A quella richiesta risposero che li avevano lasciati a casa e al momento ne erano sprovvisti: fu in quel momento che capirono che la loro fuga volgeva al termine. Il carabiniere iniziò a fare domande su domande, ma le risposte dei ragazzi non lo convincevano, capì che stavano nascondendo qualcosa e allora decise di portarli in caserma per accertamenti. Lì, tramite le loro generalità, risultò una denuncia di scomparsa a loro carico fatta dai genitori. Il maresciallo fece comunicare ai commissariati dove erano state effettuate le denunce il ritrovamento dei due giovani, si preoccupò che fosse comunicato alle famiglie che i ragazzi stavano bene e poi li portò nella sua stanza per conoscere i motivi della loro fuga. Durante il colloquio, che durò una ventina di minuti, i due fidanzati non smisero mai di piangere, ripetevano solamente che non volevano separarsi perché si amavano. Otello era disperato, Patrizia non aveva più lacrime da versare: era così affranta che sembrava invecchiata di dieci anni. Il maresciallo non fece nessuna ramanzina, cercò in tutti i modi di tranquillizzare i due fidanzatini, li rassicurò dicendogli che prima che venissero riconsegnati ai propri genitori gli avrebbe parlato personalmente per spiegare il gesto della loro fuga; poi portò i due ragazzi in una stanzetta confinante con la sua: era la saletta dove venivano fatte attendere le persone arrestate prima di essere interrogate. C'erano due panche in ferro murate e le sbarre alla finestra. Un appuntato portò dei panini e dell'acqua, furono lasciati soli fino alle tre del pomeriggio, quando arrivarono i genitori. Durante quelle ore di prigionia i due si consolavano a vicenda, erano consapevoli che il loro amore, una volta riconsegnati alle rispettive famiglie, sarebbe finito con la partenza di Otello per l'America. Avrebbero voluto fuggire da quella stanza, ma non era possibile.

"Patrizia, io non parto, preferisco morire che separarmi da te".

"Non dire queste parole, con la morte non si torna indietro: cosa farei senza di te? Dobbiamo accettare questa sconfitta momentanea, lo sapevamo dall'inizio che sarebbe finita, pensa positivo: prima o poi ritorneremo insieme".

"Hai ragione, prima o poi ritorneremo insieme, ma quando?"

Erano passati più di cinquant'anni per ritrovarsi finalmente, ora erano adulti e non c'era più niente a ostacolare il loro amore.

"Ricordi, Otello, quando uscimmo dal commissariato con i nostri genitori e tuo padre ti portava verso l'auto, quante volte ti strillai: 'prima o poi ritorneremo insieme!', non ho mai dimenticato quel triste momento del nostro addio, fu l'ultima volta che ci vedemmo.

"Già, e ora siamo di nuovo insieme".

"Ci ritroviamo nuovamente davanti a questa chiesa come tanti anni fa, invecchiati e privati dagli eventi di non aver potuto vivere la nostra vita felicemente insieme. Di una cosa sono convinto Patrizia: ti ho sempre amato".

"Anche io, non ho mai abbandonato l'idea che un giorno ci potessimo ritrovare: per me sei stato la cosa più bella che potesse darmi la vita".

Nel sentire quelle parole, Otello abbracciò Patrizia che si strinse a lui e come due adolescenti si baciarono teneramente, incuranti delle persone che passavano vicino.

"Ora che ti ho ritrovato non ti lascio più, devo poter vivere gli ultimi anni della mia vita insieme a te, devo chiamarti 'amore' in continuazione, ventiquattr'ore su ventiquattro, per più di cinquant'anni non te l'ho potuto dire".

"Vorrei poter vivere anche io l'ultimo periodo della vita con te, ma ora vivi in America e qui ho nostro figlio con la sua famiglia".

"In America ho una vita da pensionato e la solitudine è la mia unica amica, qua invece ho ritrovato te e quel figlio che non sapevo di avere, con i nostri nipoti; so che sarà complicato essere accettato in famiglia, ma quando sapranno la verità, penso che capiranno che la nostra vita insieme è stata distrutta da eventi più grandi di noi".

"Lo spero... non vorrei aver ritrovato te e dover perdere l'affetto e l'amore di nostro figlio e della sua famiglia".

"Andrà tutto bene, ne sono certo, ha sistemato tutto la buon'anima di Salvatore; è per lui se sono ritornato e ho potuto ritrovarti".

"Perché ripeti sempre il suo nome, cosa c'entra Salvatore con noi?"

"E' una storia lunga che ti dirò a cena, in un locale della zona... ne conosco uno dove ho mangiato ieri sera, ma non voglio ritornarci: ne conosci uno?"

"Purtroppo non saprei dirti dove andare qua nel quartiere, quelle rare volte che vado a mangiare fuori esco sempre con nostro figlio, e andiamo in un ristorante che conosce lui, ma è fuori Roma".

"Allora facciamo cosi: il taxista ieri sera mi ha consigliato il ristorante dell'albergo dove ho preso la camera, mi ha detto che si mangia molto bene".

"Per me va bene".

"E allora andiamo".

Come se il tempo non fosse mai passato, i due si presero sottobraccio e iniziarono a camminare. Si comportavano come due giovani fidanzati, ogni tanto si fermavano e si scambiavano teneri baci: erano felici di aver ritrovato la gioia di amare, quella gioia che fino a poche ore prima non era neanche immaginabile per loro. Vivevano solo di ricordi di quando erano giovani e dei momenti felici trascorsi in quei pochi giorni sulla spiaggia; riassaporavano quelle sensazioni che non pensavano avrebbero potuto provare ancora.

Anche se il passare degli anni sui loro volti aveva lasciato il segno, in quel momento erano felici come quando avevano quindici anni; il miracolo dell'amore aveva vinto sul tempo.

Entrati nell'albergo, Otello invitò Patrizia ad accomodarsi nel salottino della hall, mentre lui andava a parlare con il responsabile della reception. Poco dopo ritornò insieme a un cameriere che li accompagnò in una saletta privata del ristorante.

Il cameriere accese il candelabro al centro del tavolo, si allontanò e ritornò con un secchiello del ghiaccio e una bottiglia di buon prosecco, la stappò e lo versò nei calici.

"Brindiamo a noi due, cara Patrizia: dopo più di mezzo secolo ci ritroviamo nuovamente io e te da soli... questa volta nessuno potrà separarci".

Il bagliore delle candele illuminava i loro sguardi felici, Patrizia allungò il braccio e strinse la mano di Otello.

"Pensavo di non poter ritrovare la gioia di amare, alla mia età, ma ora sono convinta che a qualunque età le persone si possano amare. Questa sera ne ho la prova".

Brindarono. Erano felici come bambini, cenarono in quel salottino a lume di candela scambiandosi continuamente sorrisi e dolci parole. Alla fine della cena il cameriere chiese a Otello se poteva uscire un momento, lui si alzò e seguì l'uomo, poco dopo rientrò tenendo tra le braccia un enorme mazzo di rose rosse, si fermò davanti a Patrizia.

"Queste sono per te, amore mio, una per ogni anno che siamo stati separati. Sono tutte senza spine: per troppo tempo i nostri cuori sono stati trafitti dal dolore".

Lei rimase sorpresa da quel magnifico gesto, era senza parole, si alzò, prese il mazzo di rose e disse: "Vorrei piangere, ma rovinerei questo magnifico momento".

"Basta piangere. Da oggi in poi, fino alla fine dei nostri giorni, dobbiamo vivere insieme ogni momento nella felicità più assoluta".

Patrizia posò i fiori sul tavolo e abbracciò e baciò il suo uomo.

"Prima hai detto che a qualunque età le persone si possono amare, e allora non rinunciamo a questo nostro momento di felicità. Se tu vuoi, possiamo salire su nella mia stanza per riprendere quel discorso che gli eventi ci hanno fatto interrompere anni fa".

Patrizia esitò un momento, poi disse: "Confermo quello che ho detto, ma ora mi sento in imbarazzo, ormai ho una certa età, non sono più quella giovane che tu amasti tanto tempo fa. Potresti rimanere deluso".

"Neanche io sono lo stesso giovane di allora... siamo invecchiati sì, ma ci amiamo, ed è questo che conta; non dobbiamo vergognarci del nostro aspetto fisico, l'amore rende bello anche ciò che può sembrare brutto agli occhi delle persone".

Le strinse la mano e la guardò fisso negli occhi. Anche lei desiderava unirsi nuovamente con l'uomo che aveva amato e ancora amava. Patrizia lasciò da parte le paure, raccolse le sue cose e il mazzo di rose e disse: "Basta a rinunce, l'uomo che ho sempre amato ora è qui con me, per tutti questi anni ho pregato di poterti rivedere e amare, non voglio più perdere momenti di felicità con te sino a che Dio vorrà".

I due uscirono dalla saletta del ristorante e sempre mano nella mano fecero le scale per avviarsi alla camera di Otello.

Capitolo XXIV

L'amore

Una volta entrati nella stanza, Otello provò la stessa emozione di tanti anni prima, quando nella loro piccola alcova sulla spiaggia si trovò per la prima volta solo con Patrizia. La guardò e capì che anche lei era a disagio, le disse di posare le rose sul tavolino del salotto e la fece accomodare sul divano. Le domandò se volesse bere dell'acqua fresca e si recò versò il frigo bar che aveva in stanza, prese una piccola bottiglia di acqua, versò il contenuto in un bicchiere e glielo passò, le accarezzò il viso e si sedette accanto a lei. Erano seduti molto vicini, nel silenzio si sentivano i loro respiri, non proferirono parola: i loro occhi parlavano più delle parole, Patrizia posò il bicchiere sul tavolino e si unirono in un interminabile bacio che terminò sul letto.

Iniziarono a spogliarsi come quella notte nella tenda, con tanta delicatezza e senza fretta, un turbinio di emozioni e di desiderio era nei loro corpi. Avevano una voglia matta di amarsi come se avessero ancora quindici anni. Si sdraiarono su quelle fresche lenzuola e Otello guardandola negli occhi disse: "Amore mio". Lei lo strinse a sé e si amarono per ore. Verso le quattro del mattino Otello teneva tra le sue braccia Patrizia e gli accarezzava delicatamente i capelli, i loro volti erano rilassati, sembrava che avessero dieci anni di meno, l'amore per un momento li aveva resi più giovani. Lui le baciò la fronte e le disse: "Amore, io oggi non parto più, rimango qui, non voglio più separarmi da te".

"Neanche io voglio separarmi da te, ma bisogna fare le cose con calma, te in America hai una casa e i tuoi interessi come li ho io qua".

"Io ti voglio sposare, stare con te e con la tua famiglia, voglio dire con la nostra famiglia".

"Anche io ti voglio sposare Otello, ma dobbiamo pianificare bene la nostra vita futura".

"E allora cosa dici di fare?"

"Tu ormai sei cittadino americano, e se ci sposiamo devo essere certa che posso entrare tranquillamente tua moglie sul territorio statunitense senza problemi".

"Giusto, non ci avevo pensato... ma io vendo tutto e vengo a vivere in Italia".

"Otello, io potrei dire la stessa cosa, vendo casa e vengo a vivere con te in America, prima di fare certi passi bisogna che ti informi sulle procedure che dobbiamo sbrigare per il nostro matrimonio, poi decidiamo la cosa migliore da intraprendere".

"Ma io voglio stare sempre con te, in America o qui, per me va bene".

"Caro, non dobbiamo pensare solo a noi due e separarci dai nostri familiari o dalle nostre amicizie per stare solo in un posto... perciò io ti dico di ripartire... in futuro dobbiamo dividere la nostra vita tra l'Italia e l'America".

"Hai ragione, dobbiamo vivere in tutti e due i posti, farò come dici te, questa mattina parto e tra quindici giorni ritorno con tutte le risposte".

"Io sarò qua ad aspettarti".

"Amore, senti cosa ti dico: alle otto e mezza viene a prendermi il taxi per andare al cimitero e poi da lì direttamente all'aeroporto di Fiumicino, mi farebbe piacere se

tu mi accompagnassi, fino a che non parto voglio stare
più tempo possibile insieme a te".

"Certo che vengo, ma te cerca di anticipare il rientro in
Italia, quindici giorni sono tanti. Mentre io parlerò con
nostro figlio e la sua famiglia per prepararli all'incontro
con te quando ritornerai".

"Se ti domanderanno quando ci siamo incontrati cosa
gli dirai?"

"La verità, gli racconterò del nostro incontro in chiesa,
dei tanti ostacoli che non ci hanno permesso di vivere
insieme, della nostra cena..."

"Gli vuoi dire anche dell'albergo?"

"No, quello sarà un nostro segreto, ma gli dirò che sono
bastate poche ore insieme per capire che ci amiamo ancora come tanti anni fa".

I due si abbracciarono felici, i loro corpi nudi erano cal-
di, iniziarono a baciarsi e accarezzarsi, presi da un irre-
frenabile desiderio si unirono in un nuovo amplesso,
non si sentivano appagati, la loro età in quel momento
non era un problema. Il sole iniziò a fare capolino
all'orizzonte e i suoi raggi di luce iniziarono a illumina-
re la stanza passando attraverso le persiane.

"Patrizia, voglio vedere una foto di nostro figlio, devi
raccontarmi tutto di lui, anche se già mi hai accennato
qualcosa della sua vita".

Capitolo XXV

Il figlio

Patrizia si alzò dal letto, prese la borsa sul tavolino del salottino e si sedette al fianco di Otello, si coprì le gambe con il lenzuolo: aprì la borsa e tirò fuori il portafoglio, prese una foto: "Ecco, questa è la foto del primo giorno di scuola quando aveva sei anni".
"Non hai sue foto sul telefonino?"
"No, ho un vecchio cellulare solo per telefonare e ricevere messaggi, a me basta e avanza, comunque dovrei averne anche un'altra in borsa, ora la cerco".
Otello si sedette sul letto, prese gli occhiali sul comodino, accese la luce dell'abatjour per vedere meglio la foto e la guardò in silenzio, l'emozione aveva preso il sopravvento sul suo stato d'animo: non sapeva se piangere o ridere per la felicità di vedere per la prima volta il figlio.
Dopo un prolungato silenzio disse: " Mentre guardavo la foto mi stavo facendo i conti di quanti anni ha nostro figlio, se non ho fatto errori di calcolo dovrebbe avere cinquantatré anni, giusto?"
"Esatto, è nato il 1 giugno del 1966, alle dieci del mattino", rispose Patrizia mentre seguitava a cercare nella borsa, poi aggiunse:
"Trovata... questa è recente, è stata fatta un paio di anni fa alla laurea di nostra nipote e ci siamo tutti, guarda che bella famiglia che ha", fece girando la foto verso Otello.

"Giulio!"

Patrizia rimase per un momento frastornata nel sentire Otello dire il nome di suo figlio: "Come fai a sapere il suo nome?"

Otello non rispose subito, all'improvviso il suo viso era diventato pallido, si mise seduto sul letto, prese un bicchiere che era sul comodino e bevve un po' d'acqua, poi si mise le mani sul volto e rimase per pochi attimi in quella posizione, Patrizia allora gli domandò preoccupata: "Ti senti bene?"

Lui non rispose subito, fece prima un respiro profondo.

"Scusa, sono le emozioni che sto vivendo da quando la nipote di Salvatore è venuta in America, che mi stanno mettendo a dura prova: prima, sapere che il mio migliore amico è morto; ieri, il nostro incontro e sapere da te che ho un figlio e dei nipoti; e ora, Giulio... vuoi che ti dica com'è che so il suo nome?"

"Si, sono proprio curiosa..."

"Tu mi hai accennato che ha una sua attività".

"Esatto".

"Guida il taxi?"

"Sì".

"L'altro ieri appena giunto alla stazione Termini ho preso un taxi... indovina chi era il tassista?"

"Giulio".

"Proprio lui, nostro figlio".

"Con tanti taxi che ci sono a Roma, sei salito proprio sul mezzo di nostro figlio!"

"Ora capisco il suo atteggiamento nei miei confronti, la sua disponibilità nel venirmi a prendere al cimitero e di farmi avere la stanza in albergo, alla fine mi ha anche detto che gli sono simpatico e che lui non fa mai quello che ha fatto per me con gli altri clienti... è come se i no-

stri geni ereditari si siano per modo di dire riconosciu-
ti".

"E' veramente assurdo".

"Come ti ho detto poco fa, stanno capitando troppe coin-
cidenze strane, ormai sono sempre più convinto che ci
sia una regia dietro a questi eventi".

"Se fosse come dici te, Otello, alla fine questa regia ci ha
permesso di incontrarci nuovamente".

"Esatto, ma prima si è presa gioco di noi e ora ci fa incontrare nuovamente: tutto questo mi fa piacere , ma mi
mette anche paura... cosa ci riserverà il futuro, sarà solo
gioia e amore? Vedi Patrizia, noi abbiamo sofferto tantissimo, siamo stati privati di vivere insieme la nostra
vita, è come se qualche forza misteriosa ci avesse tratta-
to come pedine, e ora ha deciso che era il momento di
farci rincontrare per stare insieme gli ultimi anni della
nostra vita... siamo pezzi di un puzzle che piano piano si
stanno incastrando".

"No, non può essere, non voglio credere che il nostro destino stia in mano a qualche entità che si è presa gioco
di noi, e ora per riparare al torto ci ha fatto rincontrare".

"Non ho la certezza di questo, ma è tutto molto surreale".

"Hai detto bene: è tutto molto strano, e visto che non
sappiamo dare una risposta a queste domande, tornia-
mo alle cose reali: cioè a noi due".

"Hai ragione Patrizia, tra poche ore verrà a prendermi
Giulio per andare nuovamente al cimitero e poi portarmi all'aeroporto".

"A questo punto io non vengo più all'aeroporto, non voglio farmi vedere da Giulio insieme a te, è un bravo
uomo e comprensivo, ma è meglio evitare, cerca di capire amore mio, sarebbe imbarazzante per tutti e due".

"Hai ragione Patrizia".

"Ora bisogna che mi prepari prima che arrivi nostro figlio".

"Non c' è tutta questa fretta sono le sei e mezza, abbiamo quasi due ore di tempo prima che venga a prendermi... Facciamo così: mentre te vai in bagno io mi preparo i bagagli, e appena siamo pronti andiamo a fare colazione fuori dall'albergo".

"Va bene caro".

Dopo mezz'ora i due uscirono dall'albergo. Patrizia aveva con sé l'enorme mazzo di rose. Iniziarono a camminare e si recarono in un bar poco distante dove si fermarono a fare colazione.

"Visto che sono quasi le otto posso accompagnarti per un breve tratto di strada, voglio stare ancora un po' insieme a te".

Patrizia senza dire una parola prese sottobraccio Otello e si avviarono lungo la strada. Non si sarebbero voluti separare, ma era ora.

"È giunto il momento di separarci, mi raccomando, prima di salire in aereo chiamami".

"Certamente, ho registrato il tuo numero sul cellulare, ora vado amore, a presto".

"A presto, amore mio".

I due si salutarono con un caloroso bacio, in quel momento nei loro occhi c'era un velo di tristezza, forse avevano paura di non rivedersi più? Si separarono e iniziarono a camminare per direzioni diverse, un paio di volte si girarono per salutarsi con la mano prima che lei imboccasse per un'altra strada e sparisse dalla sua vista.

Capitolo XXVI

Visita al cimitero e foto con Giulio

Rientrato in albergo, Otello salì in stanza e prese i bagagli, chiuse la porta e scese le scale, andò alla reception per consegnare la chiave e saldare il conto. Mentre sbrigava le pratiche entrò Giulio:

"Buongiorno sig. Otello".

"Buongiorno a lei Giulio".

Otello era contento di vederlo, aver saputo poche ore prima che quell'uomo era suo figlio lo rendeva felice.

"Sono andate bene le visite nel suo vecchio quartiere?"

"Bene è dire poco, benissimo: ho ritrovato una persona molto importante della mia gioventù".

"Sono contento per lei, vuol dire che rientrerà in America soddisfatto?"

"Più che soddisfatto, soddisfattissimo".

"Se lei è pronto possiamo andare".

"Si, possiamo andare ho già saldato il conto dell'albergo".

Otello salutò l'addetto alla reception, prese i suoi due bagagli e uscirono dall'albergo. Il taxi partì in direzione Prima Porta. Durante il tragitto a Otello squillò il cellulare, sul display apparve il nome di Sonny: "Sonny stai ancora in piedi?"

"Mi trovo a casa tua compare, sono passato a vedere se era tutto in ordine, tra un po' vado a dormire: allora com'è andata la tua rimpatriata a Roma?"

"Bene Sonny, bene, ora sto andando al cimitero da Salvatore, mi è venuto a prendere il tassista di cui ti avevo parlato l'altro giorno, da lì dopo andiamo a Fiumicino per l'imbarco... quando mi vieni a prendere all'aeroporto ti racconto tutto... ti posso solo dire che mi sposo".

"Ma che dici compare, te che ti sposi?"

"Si Sonny, con la donna che ho lasciato quando sono partito per l'America, è una storia lunga che non ti ho mai raccontato".

"Compare, non vedo l'ora che ritorni per sentire tutto il racconto, quando ti imbarchi fammi sapere a che ora arrivi all'aeroporto così mi organizzo per venirti a prendere".

Otello finì di parlare e Giulio gli disse: "Mi scusi se le faccio questa domanda sig. Otello, la vettura è piccola e non ho potuto fare a meno di ascoltare mentre parlava: era suo figlio al telefono?"

"No, era il mio figlioccio Sonny".

"Vede, io parlo poco l'inglese e ho sentito che alla fine ha detto: 'hello son', pensavo che fosse suo figlio".

"Gli ho detto 'son' perché per me è come un figlio, sono il suo compare di battesimo e mi viene normale dirgli 'son'".

"Lei ha figli in America?"

"No, cioè si, ne ho uno che è nato quando ero giovanissimo e ho saputo da poco di averlo".

"Sarà stata una bella sorpresa per lei".

"Bellissima sorpresa, tra una decina di giorni lo incontrerò, mi auguro che quando avrà saputo tutte le vicissitudini che ho passato in gioventù, mi accolga nella sua famiglia".

"Glielo auguro di cuore signor Otello, tutti abbiamo delle storie nella nostra vita, pensi che anche io non ho mai conosciuto mio padre, è partito con la sua famiglia per un paese dell'America Latina quando io non ero ancora nato".

"Mi dispiace per lei Giulio, se oggi avesse la possibilità di incontrarlo come si comporterebbe nei suoi confronti?"

"Guardi, non saprei... Da quello che mi ha raccontato mia madre so che è partito contro la sua volontà, al tempo dei fatti era minorenne... chissà, forse dopo tutti questi anni sarà anche morto... Mia madre lo ama ancora, non ha mai voluto sposarsi convinta che alla fine si rincontreranno... Magari per il suo bene e per vederla felice gli darei la mano e gli direi: bentornato a casa".

Otello trattenne a stento le lacrime nel sentire suo figlio parlare in quel modo, avrebbe voluto dirgli che lui era suo padre e abbracciarlo, ma aveva promesso a Patrizia di non dire niente a Giulio, e mantenne la promessa.

Nel frattempo erano giunti al cimitero di Prima Porta e Giulio aveva fermato il taxi davanti all'ossario.

"Eccoci arrivati signor Otello, lei faccia con comodo io aspetto qua".

"Grazie Giulio".

Scese dalla vettura e si incamminò su per le scale del freddo edificio in cemento sino a giungere davanti alla piccola lapide del fornetto di Salvatore, si fece il segno della croce e si raccolse in preghiera, poi rivolto all'immagine del suo amico disse: "Caro Salvatore, in questi pochi giorni ho rivisto i luoghi della nostra gioventù e rivissuto con piacere i ricordi delle avventure affrontate insieme che avevo quasi del tutto dimenticati: ho ritrovato l'osteria di Peppe, ho visto il povero Cichetta, la bisca, e tanti altri posti che frequentavamo da pischelli. Chissà che fine hanno fatto er pesciarolo, Mariuccio e tutti gli altri amici cresciuti insieme a noi in periferia, alcuni già allora avevano avuto dei problemi con la giustizia ed erano stati al San Michele... Ma la cosa più importante è che ho ritrovato Patrizia, riassaporato il piacere di amare la donna della mia vita, e sapere da lei di avere un figlio che ha il mio stesso nome, anche se tutti in famiglia lo chiamano Giulio... ora torno in America felice, per me inizia una nuova vita con Patrizia, Giulio e la sua famiglia, voglio godermi il più possibile gli ultimi anni della mia vita con la donna che ho sempre amato. Ormai tutti i tasselli del puzzle si sono incastrati perfettamente, almeno penso che sia così. Molte volte mi sono chiesto se esiste un aldilà, e in che modo potesse avvenire questo contatto con i nostri defunti; per quello che mi è successo, posso dire che esiste e quel sogno premonitore ne è la prova, ho dovuto aspettare più di cinquant'anni per sapere della tua morte e quella della povera Anna... Questo lo devo a te, Salvatore, sono certo che un domani quando la sorella mi chiamerà ci rincontreremo, amico mio, e allora ti potrò abbracciare. Ora riposa in pace insieme alla tua Anna. Addio, anzi, arrivederci".

Mandò con la mano un bacio alla foto di Salvatore e scese le scale sino ad arrivare al taxi. Giulio era fuori dalla vettura, seduto su una panchina all'ombra di un pino, appena vide Otello si alzò e disse: "Tutto a posto, sig. Otello?"

"Sì, grazie".

"Vuole andare subito all'aeroporto o deve risalire?"

"No, possiamo andare, ma prima mi deve fare un favore".

"Se posso ben volentieri: mi dica?"

"Ho raccontato della sua gentilezza e disponibilità al mio figlioccio Sonny, vorrei fare una foto insieme a lei per fargli vedere che bella persona è, sempre che lei sia d'accordo".

"Certo che sì, anzi ne facciamo due: una con il suo telefono e una con il mio, non mi è mai capitato di entrare in

simpatia con i clienti che trasporto... e lei mi sembra di conoscerla da sempre".
"La ringrazio, dove ci mettiamo?"
"Qui di fianco al taxi".
"Perfetto".
I due si avvicinarono alla vettura e si misero in posa, ognuno fece una foto con il proprio telefonino, le guardarono e commentarono compiaciuti il risultato finale.
"Ok. Giulio, ora possiamo andare all'aeroporto".
Salirono sul taxi che partì in direzione di Fiumicino. Durante il viaggio trascorsero il tempo parlando del più e del meno, passando dalla politica allo sport fino ad arrivare alla sosta dei taxi per i voli internazionali, dove Giulio fermò il veicolo: "Siamo arrivati sig. Otello".
"Già, vedo: quanto le devo per tutto il disturbo che le ho dato oggi, Giulio?"
"Mi dia settanta euro".
"Ma lei è da questa mattina che è a mia disposizione, mi sembra veramente poco... ecco, prenda questi cento euro e non mi dia il resto".
"Grazie mille, sig. Otello".
Giulio scese dal taxi e prese i bagagli di Otello.
"È stato un piacere conoscerla, se dovesse ritornare a Roma mi chiami, intanto ha il mio cellulare, faccia buon viaggio e mi saluti l'America".
"Certo che la chiamo, sicuramente ci rivedremo molto presto".
"E io sarò qua a sua disposizione".
I due si strinsero la mano. Giulio salì sul taxi e partì. Otello era felice e triste nello stesso momento, rimase a guardare suo figlio che andava via con il taxi, avrebbe voluto abbracciarlo e dirgli tutta la verità.

Capitolo XXVII

Il disco di Little Tony

Otello si avviò verso l'entrata dell'aeroporto e si diresse verso la postazione dalla Delta Airlines per il check-in. Dopo la registrazione restò in sala d'attesa sino al momento dell'imbarco, aprì la cartella immagini del cellulare e cercò la foto con il figlio. Rimase a guardare quella foto per almeno un minuto: lui e Giulio insieme, lui e il figlio che aveva appena saputo di avere.

Si rammaricò di non essergli stato vicino sin da bambino, di non aver potuto giocare con lui, di non aver riso e pianto per lui, ma sentiva che da adesso in poi aveva la possibilità di godersi la sua paternità.

Cercò tra i suoi contatti il numero di Sonny e gli allegò la foto con il messaggio: "Io insieme a mio figlio. Ha il mio stesso nome, ma da bambino lo chiamavano tutti Giulio; poi ti spiego per bene quando ci vediamo. Ricordati di venirmi a prendere, parto alle 15.00 italiane e se tutto va bene arrivo alle 16.00 del New Jersey. Ci vediamo all'aeroporto. Saluti, Otello".

Inviato il messaggio cercò sulla rubrica del telefono il numero di Patrizia e la chiamò.

"Pronto".

"Amore, sono io".

"Caro, sei già all'aeroporto?"

"Sì, sono arrivato all'una, ho già fatto il check-in e tra mezz'ora l'aereo parte. Ho visto sul tabellone che tra quindici minuti si apre l'imbarco e prima di salire approfitto per sentire la tua voce... ti amo tanto".

"Anche io amore mio, com'è andata con Giulio?"
"Bene, abbiamo chiacchierato, ti confesso che mi sono trattenuto a stento, avrei voluto dirgli che ero suo padre, ma preferisco che sia tu a informarlo".
"Hai fatto bene, sono sicura che capirà".
"Da quel poco che lo conosco ne sono certo, si vede che è un bravo ragazzo... amore, cosa stai facendo?"
"Prima ho sistemato in un vaso le bellissime rose che mi hai dato, e dopo ho cercato tra le mie cose un regalo che mi facesti tu dopo un mese che ci frequentavamo, fu la tua dichiarazione d'amore".
"Cos'è? Non ricordo".
"Un disco del tuo cantante preferito di quel periodo, Little Tony".
" Si ora rammento: 'ogni mattina'".
"Esatto, prima ho riaperto il vecchio fonovaligia, l'ho acceso e ho ascoltato il disco ad occhi chiusi, come feci la prima volta che sentii questa canzone nella mia cameretta dopo che ritornammo dal mare, le prime parole sono: 'ogni mattina ci sei tu'".
"È così Patrizia, ogni mattina per me ci sei solo tu, anche se siamo stati separati per tanti anni è stato sempre così".
"Me lo regalasti il giorno del compleanno di Anna, passammo una giornata magnifica al mare e alla fine fu anche folle: ricordi?"
"Ricordo bene quel giorno che andammo da Anzio, fu una giornata pazzesca per tutti e quattro".

Capitolo XXVIII

Il compleanno di Anna

Anna era nata il 5 giugno del 1949. Salvatore e Anna decisero di festeggiare il suo compleanno insieme ai due amici andando al mare a Ostia. Questo era inizialmente l'accordo che avevano preso la sera prima, quando si erano incontrati nella gelateria di quartiere. La domenica mattina del 6 giugno era la festa di Pentecoste, arrivati alla stazione per prendere la metro per la Piramide Salvatore disse: "ragazzi oggi gnente Ostia, annamo tutti a Anzio".

"Perché voi anna' a Anzio e no a Ostia?", domandò Otello.

"Perché vojo offri' 'na giornata diversa a Anna per il suo compleanno, così avemo deciso Anzio: mica ciavrai probblemi Ote'?"

"No, nessun probblema, 'ntanto i genitori de Patrizia sanno che oggi annava ar mare co' Anna e la madre, io a mi madre j'ho detto che uscivo co' Patrizia e so' riuscito a rimedia' artri sordi... ciò dumila lire, speriamo che bastano".

"Aho, stai sempre a pensa' ai sòrdi, si nun t'abbastano ce sto io Ote'".

"Lo so che ce stai te, ma mica me te poi sempre accollà".

"Aho, e l'amichi che ce stanno a fa? Io me lo ricordo quanno annavamo a scòla insieme e tutte le matine durante l'intervallo me passavi metà della colazione tua, perciò nun te preoccupa': pe' te ce sta sempre Salvatore, dai annamo".

I quattro ragazzi si recarono a fare i biglietti per il treno, chiaramente seconda classe: sedili di legno "comodissimi": erano i vecchi vagoni di terza classe che per magia avevano riconvertito in seconda classe. Quando giunsero alla stazione di Anzio avevano la schiena a pezzi, ma erano comunque felici, fuori dalla stazione Salvatore disse: "Ote', annamo verso er porto, m'ha detto er collega mio che a metà der molo sulla destra ce stanno dei scoji che se sta benissimo".
"E allora annamo, Sarvatò".
La giornata era magnifica, il cielo terso e la temperatura mite. I fidanzatini iniziarono a dirigersi per le stradine di Anzio: ridevano, si baciavano, il rumore dei loro zoccoli di legno che battevano sui marciapiedi faceva da contorno alle loro grida gioiose. Si fermarono più volte a vedere le bellissime barche e yacht ormeggiati al porto, discutevano tra di loro su quale avrebbero comprato quando sarebbero diventati ricchi. Arrivarono a metà del molo, piegarono a destra e giunsero sui frangiflutti. Non tirava un alito di vento e il mare era immobile: sistemarono i loro asciugamani e si sdraiarono al sole. Dopo un po' Anna disse ai ragazzi: "Vi andrebbe di andare sul pattino, visto che il mare è così calmo?"
"A me sì".
Salvatore a sentire le risposte affermative dei ragazzi saltò sul bagnasciuga che era a un paio di metri dagli scogli e andò allo stabilimento balneare che era lì vicino, prese a noleggio un pattino. I bagnini portarono il pattino a riva, Salvatore chiamò i tre che erano rimasti sugli scogli e gridò loro di raggiungerlo. I ragazzi radunarono le poche cose che avevano e contenti come bambini raggiunsero Salvatore che era già in acqua. Era un pattino a quattro posti, salirono per prime le ragazze e si

misero sedute sulla panchina, i due ragazzi su quella dei remi.

"Salvato', ma te sai rema'?"

"No, Ote' ma che ce vo'... famo così: io prenno er remo sinistro e te er destro".

I due amici si misero seduti sulla panchina e iniziarono a remare, ma non riuscivano a muoversi tanto erano scoordinati con i remi, una volta andavano a sinistra e una volta a destra, le ragazze si misero a ridere e Anna disse: "Salvatore, siete peggio di Stanlio e Ollio, non riuscite a sincronizzà la remata... ahahaha!"

Sentendosi presi in giro i due si organizzarono e iniziarono a remare in modo simultaneo, il pattino cominciò a muoversi in modo corretto e prese il largo; si allontanarono di duecento metri dalla riva e tirarono i remi sul piccolo natante.

"Dai Ote', tuffamose, stavorta nun ce sta er contadino come quanno se facevamo er bagno ar vascone".

Salvatore si tuffò seguito da Anna in quel mare calmo, mentre Otello rimase sul pattino con Patrizia; lei non sapeva nuotare e aveva paura di cadere in acqua, allora la fece mettere seduta su uno dei pattini e immerse le sue gambe in acqua e con le mani iniziò a bagnarsi il corpo. Otello si tuffò in mare dove erano i suoi amici e poi si avvicinò a Patrizia, appoggiò le braccia vicino alle gambe della fidanzata e le baciò. Lei gli accarezzò la testa bagnata.

"Sei bellissima".

Patrizia cercò di baciarlo, ma il pattino si inclinò e la ragazza scivolò in mare, tra le braccia di Otello. Era terrorizzata.

"Stai calma ci sono io, appoggiati al pattino, ti aiuto a risalire, non aver paura... guarda, ci sono anche Salvatore e Anna".

I due ragazzi avevano visto tutta la scena ed erano prontamente intervenuti per aiutare Otello e Patrizia. Anna salì sul pattino e prese la mano della sua amica mentre i due ragazzi l'aiutavano a salire, una volta sopra disse: "Che spavento... Anna, c'è mancato poco che ti rovinassi la festa. Otello mi aveva appena detto che ero la sua Sirenetta, solo che lei sapeva nuotare".
"Lo sapevo ch'era corpa tua Ote', je lo potevi di' in spiaggia ch'era la tua Sirenetta, armeno lì si scivolava se sporcava de sabbia".
I ragazzi si misero a ridere. Restarono in mare sul pattino sino allo scadere delle due ore del noleggio a parlare e a prendere il sole. Riportato a riva il pattino, Anna e Salvatore fecero una passeggiata sulla riva del mare, mentre Patrizia e Otello tornarono nuovamente sul camminamento del frangiflutti, si sdraiarono sugli asciugamani per prendere il sole tenendosi per mano. Dagli altoparlanti dello stabilimento che era lì vicino, si diffondevano le note di canzoni che andavano di moda in quel periodo. A un certo punto si sentì la voce di Mina che cantava 'e se domani'. Patrizia guardò Otello.
"Senti le parole di questa canzone: e se un domani io non potessi rivedere te..."
"Perché non dovresti vedermi più? Io nun me stancherò mai de te Patrizia, t'amo alla follia".
"Ma potrebbe succedere che tu t'innamori di un'altra ragazza... io ne soffrirei tantissimo".
"Nessuna donna potrà mai dividermi da te, solo la morte potrà farlo".
Patrizia avvicinò il suo volto a quello di Otello, i due ragazzi si baciarono mentre dagli altoparlanti uscivano le ultime note della canzone. Poco dopo ritornarono Salvatore e Anna: "A' piccioncini, che ne dite se mangiamo, io ciò 'na fame che nun ce vedo più".

"Anche noi ciavemo fame", risposero i due fidanzatini all'unisono.

"Ote' vie co' me, mentre le ragazze tirano fori i panini annamo al bar dello stabbilimento a prenne da beve quarcosa de fresco".

Un'ora dopo aver finito il pranzo, Salvatore disse: "Dai pijamo tutto e annamo alla mejo gelateria de Anzio, prima de pija er treno vojo offri a tutti 'na bella granita ar caffè per compleanno de Anna".

I ragazzi si rivestirono, presero le loro cose e si avviarono alla gelateria. Una volta giunti al locale ebbero difficoltà a trovare un tavolo libero all'aperto, era pieno di gente che si gustavano delle prelibatezze: coni, cassate, granite di caffè ecc. ecc.

Appena videro liberarsi un tavolo si accomodarono, vicino a loro c'era una coppia di turisti americani di mezza età. L'uomo indossava una vecchia camicia militare, sopra il taschino aveva appuntate una decina di nastrini e medaglie, sicuramente era un veterano che aveva preso parte allo sbarco di Anzio che era ritornato a visitare quel luogo.

Salvatore chiamò il cameriere e con un tono di voce molto chic e una dizione perfetta gli disse: "Senta, gentilmente, ci può portare quattro granite al caffè con molta panna e quattro coca cola fresche".

"Basta così?"

"Si, grazie", Il cameriere si girò e si fermò al tavolo vicino a loro dei due americani per prendere l'ordinazione; mentre andava via Salvatore lo richiamò "Senta, scusi. Avete anche la cassata siciliana?"

"Certamente, è una specialità della casa".

"Allora porti anche due cassate".

Il cameriere prese l'ordine ed entrò nella gelateria.

"Salvato' m'hai sorpreso pe' come parlavi, sembravi 'n pariolino".

"Ote', quanno vojo so parla' bene pure io".

Dopo qualche minuto ritornò il cameriere con due vassoi; uno per loro e uno per la coppia dei due stranieri. Nei vassoi c'era il conto con il numero del tavolo, il loro era il sette e quello degli americani era il sei: "Pago a lei?"

"Sia così gentile: quando ha finito di consumare vada lei alla cassa, oggi sono solo e non riesco a stare appresso a tutti i clienti".

"Va bene, dopo vado io in cassa, grazie".

I ragazzi iniziarono a gustare le granite al caffè, quando terminarono anche le cassate e le bevande Salvatore guardo il conto e chiese ad Anna di passargli il portafoglio".

"Salvatore, io non ho il tuo portafoglio, non me lo hai mai dato".

"Sei sicura, eppure so' convinto d'avettelo dato".

"No, ti sbagli".

"Salvato', guarda bene dentro le tasche dei pantaloncini".

"Ote,' ciò solo quattro tasche, due davanti e due de dietro e so' tutte e quattro vote, lo sai che significa questo?"

"Che te lo sei perso".

"E ora come facciamo con il conto della gelateria?"

"Mannaggia, questa nun ce voleva, dentro ciavevo pure i bijetti der treno che avevo fatto d'andata e ritorno, e anche i documenti... ma porca puttana, ma te guarda che me doveva capita'".

"Dentro il portafoglio ciavevi pure le duemila lire mie, per me lo puoi aver perso solo in due posti: o al bar dello stabilimento quando sei andato con Otello a prendere da bere per il pranzo, o ti è caduto sugli scogli quando ci siamo vestiti per venire qua", disse Anna.

"Salvato' mo' vedemo de paga' 'sti gelati e poi annamo subito a cerca' er portafojo... quant'è er conto?"

"Dumila e cinquecento lire".

"Quanto?", dissero in contemporanea i tre.

"Avete capito bene: dumila e cinquecento lire, io i sòrdi pe' paga' er conto ce l'avevo dentro ar portafojo".

"E ora come facciamo?"

"Io ho cinquecento lire nel mio portamonete, te Otello quanto hai ancora?", disse Patrizia.

"Aspetta che mò guardo... settecento lire, co' i tuoi arivamo a mille e ducento lire, ne mancano ancora più della metà".

"Porca puttana, che figura... Ote' se dovemo inventà quarcosa pe' annassene de corsa, devo assolutamente ritrova' er portafojo, come potemo fa'?"

"E come potemo fa' Salvato': boh!"

Otello si alzò e senza dare a vedere allungò l'occhio sul tavolo degli americani, si rimise seduto e poi disse a bassa voce:

"Rega' io ciò 'na mezza idea".

"Dimme Ote', basta che se sbrigamo, mica potemo 'sta seduti ancora qua".

"Er cameriere prima t'ha detto che poi anna' a paga' te ar bancone cor numero der tavolo".

"Sì, e allora?"

"Allora quei due dietro de te", indicando con il dito la coppia d'americani, "se so' appena arzati pe' anna' a saluta' du' persone a 'n artro tavolo, e mò stanno de spalle: sbrigate, passame er conto cor numero, voi seguitate a parla', fate finta de gnente".

Otello prese il conto e il numero del tavolo e girò dietro la sedia di Salvatore come se dovesse scherzare con lui, e con sveltezza fece lo scambio senza che nessuno lo vedesse, poi si rimise seduto e disse: "Tie Sarvato', sbrigate va a paga'".

Gli passò scontrino e numero insieme ai soldi, i quattro si alzarono dal tavolo e Salvatore entrò nel locale per pagare. Otello e le due ragazze si avviarono sulla strada e si fermarono ad aspettare, erano preoccupati per Salvatore, magari qualcuno all'interno della gelateria aveva scoperto lo scambio degli scontrini, poi lo videro uscire dalla gelateria e bloccare il cameriere che rientrava con i vassoi vuoti.

"Tenga", disse, mettendogli sul vassoio che aveva in mano delle monete, "La mancia ho preferito darla personalmente a lei", e con calma si recò dai suoi amici che avevano visto tutta la scena, Otello gli disse: "Ma te sei matto, sbrigamose, annamo via prima che l'americani s'accorgono dello scambio".

Tutti e quattro si misero a correre verso il posto dove avevano passato la mattinata e si divisero i compiti: i due ragazzi si recarono subito presso il bar, mentre le ragazze si misero a cercare tra i frangiflutti. Il padrone dello stabilimento gli disse che non aveva trovato il portafogli e Salvatore si rabbuiò. Quando raggiunsero le ragazze Anna l'abbracciò e gli fece vedere il portafoglio che aveva ritrovato Patrizia tra due fessure della passeggiata. I sorrisi tornarono sui loro volti, si affrettarono per arrivare alla stazione evitando di passare nei pressi della Gelateria.

Entrarono tra i vicoletti delle abitazioni nella zona del porto fino a giungere vicino ad un panificio, appoggiate al muro c'erano due bici da cascherino per la consegna del pane senza nessuna catena. Otello e Salvatore si scambiarono un cenno con lo sguardo, e come se avessero parlato con gli occhi, dissero alle due ragazze di aspettare in una stradina più avanti; loro due si guardarono intorno per vedere se c'era qualcuno affacciato alle finestre, appena notarono che erano tutte chiuse salirono sulle bici e raggiunsero le due ragazze che non fecero domande. I due amici si sbrigarono a togliere le ceste di vimini che erano sui portapacchi anteriori e ci fecero salire le loro fidanzatine; iniziarono a pedalare, ma le bici pesavano e con loro sopra il peso era tanto. Otello conosceva ben quel tipo di bici, ma Salvatore era la prima volta che la guidava e all'inizio con il peso supplementare di Anna iniziò a muoversi zigzagando. Usciti dalla parte vecchia del porto presero il vialone in salita che portava alla stazione: pedalavano, sbuffavano incitati dalle ragazze che sedute sul portapacchi ridevano. Quando giunsero alla stazione appoggiarono le bici al muro esterno e si recarono nei pressi dei binari: erano esausti e tutti sudati. Il treno da Nettuno non era ancora arrivato e nell'attesa si portarono alla fontanella sulla banchina e si sciacquarono.

"Salvato', ma che t'è passato pe' la testa de ferma' er cameriere pe' daje la mancia, potevi fa scoprì tutto".

"Ote', quanno so' entrato pe' paga' io nun avevo ancora visto er conto dell'americani, arivato alla cassa c'era 'na signora anziana, j'ho dato er nummero co' lo scontrino, lei l'ha spillato insieme alla ricevuta che ciaveva e m'ha fatto pagà cinquecento lire, capirai erano dumila lire meno der conto nostro... così quanno so' uscito ciavevo ancora settecento lire de quelli che m'avevi dato te e pe' solidarietà professionale j'ho dato cento lire".

"Hai fatto er milord co' i sordi dell'americano", e si misero a ridere.

Arrivati a Termini, prima di uscire dalla stazione, Otello vide un negozio di dischi all'interno della galleria e vi entrarono dentro.

I quattro ragazzi iniziarono a guardare i vinili negli espositori e Salvatore acquistò un disco per regalarlo ad Anna. Otello andò dal commesso del negozio e gli domandò se aveva il disco di Little Tony: "Ogni mattina", per regalarlo a Patrizia. Il commesso gli indicò dove trovare il disco, ma costava ottocento lire, gli mancavano cento lire per poterlo acquistare e si fece prestare la differenza dal suo amico.

"Patrizia, in tutti questi anni ogni mattina nel mio cuore ci sei sempre stata tu, anche se non sapevo dove fossi".

"Lo so amore: mi sono sempre domandata come può essere che io ti abbia sempre amato, alla fine siamo stati fidanzati per pochi mesi, tanti amori adolescenziali si interrompono dopo poco tempo, non credo che sia dipeso dalla nascita di nostro figlio che io ti abbia sempre amato... ieri appena ti ho rivisto ho capito il motivo".

"E quale sarebbe Patrizia?"

"Il motivo è in una frase che ti ho detto ieri mattina: te per me sei stato la cosa più bella che mi potesse dare la vita. Sin dalla prima volta che ci siamo visti ho capito di amarti, ma un amore che va oltre il sesso, un amore che non è sparito neanche dopo tanti anni che noi due non siamo stati insieme, come dici tu: qualcuno o qualcosa ha voluto metterci alla prova, e quando ha capito che noi non abbiamo mai smesso di amarci si è arreso e ha deciso di farci nuovamente incontrare per permetterci di finire insieme i nostri ultimi giorni".

"Anche te per me sei la cosa più bella che mi potesse offrire la vita, ora che ci siamo ritrovati il puzzle è completato".

"Si, hai ragione Otello: ora il puzzle delle nostre vite è completato".

Gli altoparlanti della sala d'attesa dissero in quel momento che era aperto l'imbarco del volo di Otello.

"Amore ti devo lasciare, ci sentiamo più tardi".

"Fai buon viaggio e pensami, come puoi chiamami... non ti preoccupare dell'orario, io sarò sveglia, ciao amore mio", gli mandò un bacio per telefono, "ciao amore". Chiusa la telefonata, Otello si avviò all'imbarco felice ma anche un po' triste. Quando entrò nell'aereo prese posto su una poltrona a metà della fusoliera vicino all'oblò che era alla sua destra, sistemò i due bagagli e agganciò la cintura. I motori dell'aereo rullavano in attesa di poter aver il via dalla torre di controllo per il decollo. Appena l'aereo iniziò a correre sulla pista, Otello chiuse gli occhi e li riaprì qualche minuto dopo, quando ormai l'aereo si librava nell'aria. Guardò fuori dall'oblò e per un momento gli parve di vedere l'immagine di Salvatore che gli sorrideva, d'istinto lo salutò con la mano. Non si pose il problema se ciò che vedeva fosse realtà o immaginazione, si sistemò nel suo sedile e richiuse gli occhi.

Era moralmente un uomo nuovo, diverso da quello partito alcuni giorni prima dall'America: d'ora in poi una nuova vita lo attendeva con la sua famiglia. Questo è ciò che pensava nell'animo suo, ma l'imprevedibile è sempre dietro l'angolo, pronto a manifestarsi all'improvviso nella vita delle persone, e lasciando sempre incompleto il puzzle.

P.S. Forse l'entità che ha giocato con le loro vite ha deciso di farli rincontrare prima del Covid, per ridargli quella felicità che gli aveva tolto? Oppure farli incontrare per l'ultima volta nella loro vita? Cosa riserverà il futuro ai due innamorati non è dato saperlo.

Ogni riferimento a cose e persone è puramente casuale, il lavoro è frutto della mia fantasia. Alcuni monumenti storici e vie sono reali e fanno parte del contesto della storia che, ripeto: è solo frutto della mia fantasia.

Ringraziamenti

Colgo l'occasione per ringraziare Rossana Orsi e Andrea Stella, per la possibilità che mi hanno dato di pubblicare questo libro. Un romanzo che mi ha impegnato molto sia nell'elaborazione che per le ricerche di date e luoghi riguardanti gli eventi di quel periodo storico nel quale è ambientato il romanzo.

Ringrazio il mio quartiere dove sono nato e cresciuto. La popolazione che lo abitava fino a qualche decennio fa con la loro ironia e romanità.

Una dedica particolare va alla mia famiglia che mi ha sempre incoraggiato a portare avanti ogni mia iniziativa; dalla pittura al teatro, fino a questa nuova avventura.

Io sono sempre stato un sognatore, ho sempre cercato dalla vita altre sfaccettature che gli altri non vedono, non mi sono mai fermato solo a guardare l'orizzonte, ma ho cercato sempre di vedere oltre con i miei sogni.

Durante la scrittura di questo libro ho dovuto affrontare un momento molto difficile per la salute di mio figlio. Da un giorno all'altro sono passato dal paradiso all'inferno. Quel mio modo di vedere sempre oltre mi ha aiutato ad affrontare il brutto momento con positività. Voglio dedicare questo libro a mio figlio Danilo, ricordandogli di guardare sempre oltre e non smettere mai di sognare.

Indice

Chance Edizioni è uno dei due marchi editoriali dell'**Associazione culturale La Chanceria**, a cura di Andrea Stella e Rossana Orsi.

Alla base della linea editoriale c'è la Narrativa Introspettiva della collana *#ScritturaSpontanea*: storie che appartengono a generi vari, che hanno come minimo comune denominatore lo sguardo rivolto all'interiorità, nelle quali vengono narrati viaggi introspettivi nonché percorsi di riflessione, di crescita e di evoluzioni sia personali che condivise. In questo contesto si inserisce anche il filone della poesia, ampio e particolarmente curato, che trova posto nella collana *#AssaltiPoetici*. Nel panorama sensibile hanno maniera di esprimersi inoltre le raccolte di autori vari (collana *#caleidostorie*) che simboleggiano e rappresentano la voglia di aggregazione tra autori emergenti. La saggistica trova spazio nella collana *#exigere* e tratta di introspezioni sociali. Le più recenti collane sono dedicate ad illustrati (collana *#croquis*) e a progetti sperimentali (*#HermesBaby*) nella grafica o nella fotografia, così come le pubblicazioni nate da workshop e laboratori.

www.lachanceria.it

Chance Edizioni

novembre 2022

ISBN: 978-88-32238-32-7

www.ingramcontent.com/pod-product-compliance
Lightning Source LLC
LaVergne TN
LVHW020325200726
843507LV00012B/2245